双葉文庫

どんでん返し

笹沢左保

目次

どんでん返し

影の訪問者

1

「驚いたな」

「突然お邪魔して、すみません」

「ここには、絶対にくるはずのない訪問者だからね」

「そんなことを言われると、嫌みに聞こえるわ」

「しかも、もう十二時だぜ。深夜の訪問者だ」

「眠っていらしたの」

「いや、見たとおりだ。まだ、パジャマにも着替えていない。本を読んでいたんだよ」

「心理学の本でしょ」

「仕方がないだろう。大学で心理学を教えているんだから、いわば職業のための学習ってことになる」

「もう、そろそろ助教授ね」

「残念ながら、うちの大学には三十五歳以下の助教授というのは、ひとりもいなんでね」

「公次さんは、まだ三十三だったわね。確か……」

「こいつは嬉しい」

「何が……」

「悦子さんが、ぼくの年を記憶してくれていたってことがだ」

「あら、そんなこと当たり前だわ」

「悦子さんは、二十五になったんだろう」

「ええ」

「ますます、お美しくおなりですな。ただし、今夜の悦子さんには、病的な美しさが感じられる」

「素敵なお部屋ね」

「平凡なマンションだよ」

「2DKね」

「独身者には、丁度いい」

「男性のひとり暮らしって、やっぱり不自由でしょうね」

「もう慣れっこだから、不自由を不自由と感じなくなっている」

「炊事やお掃除、お洗濯なんかはどうなさっているの」

「週に三回、パートのおばさんが来てくれている。したがって、珍客を歓待することもできない」

「結構よ。突然の、しかも深夜の訪問者なんですもの」

「まあ、おかけ下さい」

「ありがとう」

「コートを、脱がないのかい」

「悪いんだけど、このままで失礼させて頂くわ」

「それにしても、コートを着たままで椅子にすわるなんて、おかしいじゃないか」

「わたし、寒いのよ」

「しかし、暖房がはいっているし、ぼくなんか暑いくらいだ」

「外は、とても寒いのよ」

「一月も半ばになろうとしている。真冬ってことになれば、寒いのは当然だよ。この雨は明日の朝には雪になるだろうって、テレビの天気予報で言っていた」

「とにかく、寒い雨の夜だわ」

「だからって、部屋の中にいてもコートを着たままってのは、どう考えてもおかしい」

「お願いだから、そのことにはこだわらないで……」

「寒いからっていうのは、口実じゃないのかね」

「口実……?」

「つまり、コートを脱ぐに脱げない事情ってものが、あるんじゃないのか」

「まあ、そういうことにしておいてもいいわ」

「普通、コートを着ていると、その下の洋服が厚みを作って、それらしい感じになる。ところが、いまのあなたには、ボテッとした感じがまるでない」

「そうかしら」

「コートに、身体の線が出てしまっている。はっきり、言わしてもらおうか。あなたはコートの下に、服というものを着ていないんだ」

「コートの衿《えり》のあいだから、肌が出てしまっているから、そういうふうに見えるんじゃないの」

「悦子さん、あなたはコートの下に、スリップしか着ていない。スリップのうえに、コートを重ねているんだ」

「そんな観察は、やめて欲しいわ。身体をジロジロ見られているみたいな気がして、恥ずかしくなるでしょ」

「それに悦子さんは、パンティ・ストッキングも、ただのストッキングもはいていない。素足で、靴をはいて来た」

「公次さん、そんな話はもうやめましょうよ」

「ほかにも、不思議なことがある。あなたは、傘をさしてこなかった。髪の毛がビショビショという感じだし、コートの肩のところも濡《ぬ》れている」

「そうね」

「この雨は、今朝から降っている。だから、傘を持たずに出かけた、ということにはならない」

「まあね」

「それなのに、あなたは雨の中を、傘もささずに歩いて来た。そのうえ、雨が雪に変わりそうな寒い晩なのに、スリップ一枚にコートだけ、ストッキングもつけていない。どう考えても普通じゃないし、常人のやることではないね」

「話題を、変えましょ」

「逃げるのかい」

「人それぞれには、説明できないような事情ってものがあるわ」

「そう。悦子さんがそのように認めるんだったら、まあいいだろう。ひとつ、話題を変えるとするか」

「ねえ、わたしたちがこうして顔を合わせるのって、何年ぶりかしら」

「何年ぶりというのは、オーバーじゃないのかな」

「一年半ぶり……」

「うん」

「さよならしたのは、一昨年の夏だったんですもの」

「さよならした……?」

「お別れしたのがね」

「ぼくには、さよならをした覚えも、別れた覚えもないね。あなたのほうが一方的に、ぼくの前から姿を消したんじゃないか。要するに、ぼくはあなたにフラれたんだ。あなたはぼくのプロポーズを受け入れたのに、急にぼくを避けるようになって、ぼくとは無縁の存在になってしまった」

「そういうことになるのね」

「いまさら、とぼけなさんな。あなたは、心変わりをした。ぼくよりも愛する男ができて、あなたはその男のもとへ走った」

「古風な表現ね」

「しかも、その男はぼくの友人で、あなたはぼくに紹介されて彼と知り合った。とたんに、あなたはあの男に魅せられてしまって、ぼくを裏切った」

「ごめんなさい」

「以来、ぼくは山根不二夫と絶交して、一度も会っていない」

「そうみたいね」

「あなたはまだ、山根不二夫と婚約もしていないんじゃないのか」

「どうして、そうとわかるの」

「あなたは結婚指輪も、婚約指輪もはめていない」

「なるほどね」

「それに皮肉なことに、山根不二夫はこのマンションから歩いて十分ほどのところにあるお屋敷に住んでいる。もし、あなたが山根と結婚していれば、ぼくはいやでもこの近くで悦子さんの新妻姿を、見せつけられることになるだろう」

「残念だけど、あなたのおっしゃるとおりだわ」

「ぼくには、初めからわかっていたよ。山根不二夫は、モテるだけに浮気者だ。魅力的だけど、徹底したプレイボーイぶりを発揮する男だ。山根は学生の頃から、結婚制度否定論者だった。人生においては可能な限り多くの異性と接するべきだと、山根は主張してそのとおり実行した」

「不二夫さんは確かにモテるけど、そんなに浮気じゃないわ」

「女は男の特異性というものに、魅力を感ずるんだ」

「不二夫さんには、どんな特異性があるのかしら」

「山根不二夫は美男子だし、母性本能をくすぐるようなムードを持っているし、それに背も高い。しかし、それだけのことだったら、山根はあれほどモテはしないよ。同じような男が、ほかにも大勢いるしね」

「外見だけではない特異性って、どういうことなの」

「まず、職業だ」

「パイロットだってことね」

「それも機長ではなく、副操縦士であることに、将来を期待させる若々しさが感じられる」

「そうかな」

「次に、彼の独身主義というのも、特異性のひとつになっている。すぐ結婚したがる若い男たちが多くなっているだけに、独身主義を貫こうとする山根に、女は男っぽさを感じてしまう」

「あなただって、独身じゃないの」

「ぼくの場合は、独身主義ではないだろう。女性にモテないために、結果的に独身でいるってだけのことだ」

「ほんとうかしら」

「それに、山根には肉親というものがいない。そのことが、山根を孤独な男として印象づける」

「それが、母性本能をくすぐるのかな」

「それでいて、山根は資産家だ。天涯孤独な三十代の男が、失業しても生活には困らないほどの不動産を持っている。このことが、山根の最大の特異性だな」

「大きなお屋敷に、たったひとりで住んでいる。不二夫さんのほかには、通いの家政婦さんがいるだけ、そうしたことには、確かに神秘性を感ずるわね」

「ところで、山根と悦子さんのあいだには、すでに破局が訪れているんじゃないのかな」

「どうして……」

「そんな気がしてならないんだ。一年半も山根が悦子さんだけを愛し続けるってことは、ちょっと考えられないしね」

「お言葉ですけど、わたしたちいまだって、愛し合っているわ」

「ひとりだけの彼女で、一年半も我慢できる男じゃないんだがな」

「そりゃ彼のことだから、浮気ぐらいはするでしょうね」

「これは、驚いた」

「でも、浮気は浮気よ。所詮はお遊びなんだし、長続きするもんじゃない」

「まるで三十年も連れ添った古女房みたいに、話がわかって達観しているじゃないか。若い女性には、一晩だけの浮気だって許せないものだぜ」

「だから、不二夫さんとわたしは、ほんとうに愛し合っているのよ。彼を心から愛して信じている女には、男の浮気は許せるはずだわ」

「それで悦子さんは、山根の浮気を許している」

「そうよ。だって、ただセックスだけの仲でしょ。もし、不二夫さんがほかの女性を本気で愛してしまったら、当然わたしのことが邪魔になるはずだわ」

「あなたと、別れなければならなくなるだろうな」

「そうよ。でも、不二夫さんとわたしのあいだには、一度だって別れ話なんか持ち上がったことがない。それが何よりの証拠ってもんだわ」

「それは、あなたが耐えているからじゃないのかい。あなたは未練があって、山根と別れることができない。そうした弱みから、あなたは彼の浮気に目をつぶっている」

「わたしね、現在の不二夫さんの浮気の相手が誰かってことも、ちゃんと承知しているのよ」

「名前もかい」

「ええ、三ツ橋マキという女性よ。年は、わたしと同じで、看護婦さんだわ」

「その三ツ橋マキという女性と、山根の関係はどのくらい続いているんだ」

「まだ、二カ月ぐらいかしら」

「あなたも、ずいぶん無理をしているんだな」

「そんなことないわ」

「パトカーだ」

「ほんと、ずいぶんサイレンがやかましいわね」

「何台も、集まってきているからだろう。三台か、四台……」

「あら、ピーポーが聞こえなくなったわ」

「現場に、到着したからだ。この近くで、事件があったんだな」

「そうみたい」

「ところで、肝心なことをあなたに訊《き》きたい」

「肝心なことって……」

「今夜のあなたは不思議なことだらけだけど、その前にあなたは何のためにここへやって来たんだ。一年半前に捨てた男のところへ、こんな時間にたったひとりで……」

2

「コーヒーか紅茶でもって、思ったんだけど……」

「どうぞ、おかまいなく」

「でも、悦子さんの大好物があったんでね」

「あら、トマト・ジュースに、リンゴ……」

「あの頃、デートして喫茶店にはいると、悦子さんは必ずトマト・ジュースを注文したからね」

「二日酔いの朝、男が飲みたがるものだって、いつも公次さんに言われたわ」

「悦子さんはリンゴにも、目がなかったじゃないか」

「そうね」

「このリンゴは、信州から送って来たばかりなんだ」

「長野県のリンゴね。おいしそうだわ」

「皮はむけないんで、自分でむいてくれないか」

「あら、包丁なの」

「果物ナイフが見つからないんで、包丁で……」

「切れそうな包丁ね」

「さあ、話を続けようじゃないか」

「わたしがどうして、突然お邪魔したのかってことね」

「うん」

「そうねえ」

「言いたくないのかい」

「そんなことはないけど……」

「ぼくが、推理してみようか」

「推理……？」

「つまり、謎解《なぞと》きさ」

「どういう謎を解くの」

「今夜のあなたは、謎と矛盾に満ちている。常識では考えられないことばかりだし、普通の人間にはできないような奇行を演じている」

「だからって、そうした点について推理するの」

「あなたの行動と心理を、理論的に解明するんだ」

「心理学は、専門だから……」

「シャーロック・ホームズの真似事だと、言われるかもしれないけどね」

「おもしろそうね」

「あなたは、何年も前から同じ髪型だった。肩のところまで、髪をのばしていた。あなたにはその髪型が似合ったし、あなた自身も気に入っていた」

「ええ」

「だからこそ、あなたは絶対にその髪型を変えなかったんだろうね」

「髪を短く刈っちゃうぞって、公次さんにからかわれたことがあったわね」

「うん。そうしたら、あなたはそんなことをされたら死んじゃうからって、本気になって怒り出したっけ」

「わたし、泣き出しちゃったもの」

「あのときは、驚いたな。泣き真似をしているんだと思っていたら、ほんとうに涙を浮かべているんだものね」

「悲しくなって、泣けちゃったのよ」

「そのくらい、あなたはあの髪型が気に入っていた。だから滅多なことで、あなたは髪を短くしない」

「女性はみんな、そうだと思うわ。長い髪は、短くしたくないものよ」

「ところが、いまのあなたはどうだ。ショート・ヘアにしてしまっている。あなたは、髪の毛を短くした。それも最近になって、そうしたんだろう」

「だったら、どうだっていうの」

「女性はみんな、長い髪を短くしたがらないと、あなたは言った。確かに、そのとおりかもしれない」

「だけど……？」

「例外がある」

「女性が進んで、長い髪を短くしたくなるときも、あるということね」

「そう。いまのあなたが、それに当てはまる」

「どういうことなのかしら」

「気分を一新したい、心境を一変させたい、何もかも初めからやり直したい、新しく出直したい、これまでとは違った自分になりたい。こうした場合に、女性は長かった髪を思いきって、バッサリ切ってしまうことがあるんだ」

「変身願望ね」

「そして、その多くは男と別れたときだ。突如として髪型を一変させたり、長い髪を思いきって短くしたりした女は、それまでの男関係を清算したか失恋したかで、男と別れたものと判断していいだろう」

「そうね。そういう例は、確かに少なくないわね」

「あなたも、同じくだな」

「わたしが、不二夫さんと別れたって、おっしゃりたいのね」

「別れたんじゃなくて、別れざるを得なかったんだよ」

「わたしのほうが……？」

「あなたは泣く泣く、山根不二夫との関係を清算した。悲しみと怒りと、憎しみをもって……」

「どうしてなの」

「あなたは、山根に捨てられたんだ。裏切られたのさ」

「不二夫さんが、わたしを捨てただなんて……」

「あなたは山根と、心から愛し合っている。あなたは山根を信じているから、彼の浮気も許すことができる」

「ええ、わたしはそう言ったわよ」

「嘘だ」

「嘘じゃないわ」

「やけっぱちになっての強がり、自分を傷つけたくないための開き直りだ」

「そんなんじゃないのよ」

「男の浮気を承知していて、嫉妬《しっと》することもなく容認する。そんなことができる若い女なんて、この世にはいないんだよ」

「どうしてもそういうことにしたいんなら、それでもかまわないけど……」

「ましてや、山根の新しい恋は、浮気なんかじゃない」

「三ツ橋マキさんのことね」

「山根は、本気なんだ」

「いいえ、浮気だわ」

「あなたがみずから、認めたことでもあるけどね。男が新しい女に心を奪われたら、それまでの恋人というものは不要になる。邪魔な存在だし、別れなければいられなくなるんだよ」

「不二夫さんは、三ツ橋マキさんを本気で愛してしまった。そのために、わたしとの関係を清算した」

「あなたのほうは、もちろん別れたくなかった」

「当然ね。わたしにとって男性はこの世でただひとり、不二夫さんだけだと思っているくらいですもの」

「それで、あなたは三ツ橋マキと手を切ってくれと、山根に迫った。しかし、何度そうしても、効果はなかった。山根はすでに、あなたの頼みには耳を貸さない男になっていたんだ」

「不二夫さんはわたしなんか、もう相手にしなかった」

「そうだ。山根は、あなたと別れるの一点張りだった」

「そうなったら、もう別れるほかはないでしょうね」

「あなたは、捨てられた。決定的な破局を迎えて、あなたの心に残ったのは山根に対する憎悪だけだった」

「でもねえ、公次さん。あなたにはどうして、不二夫さんと三ツ橋マキさんが、本気で愛し合っているって断定できるの」

「それが、できるんだな」

「その根拠は、わたしの髪型が変わったというだけのことじゃないの」

「違うね」

「すべては、公次さんの推測と想像なんでしょ」

「実はね、ぼくは山根と一緒に歩いている三ツ橋マキという女性を、見かけたことがあるんだ。まあ、近くに住んでいるんだから、当たり前なことだろう」

「見ただけで、三ツ橋マキという人だってわかったの」

「ぼくの友人の恋人に、三ツ橋マキという女性がいた。年は二十五……」

「つまり、わたしと同じね」

「看護婦さんでね。友人と彼女は、今年の秋に結婚することが決まっていた。ところが、今から二カ月ほど前に、その友人は失恋した」

「三ツ橋マキさんの心が、ほかの男性に移ってしまったのね」

「山根と一緒に歩いていたのは、その友人の婚約者だった三ツ橋マキさ」

「公次さんのお友だちも、やっぱり不二夫さんに恋人を奪われたってことか」

「ぼくの場合とまったく同じなんで、その友人を慰めるにも慰めようがなかったよ」

「わたしという前例もあるし、ほんとうに不二夫さんを愛してしまえば、たとえ婚約していようと、そっちへ走ってしまうでしょうね」

「そうだろう。だから、三ツ橋マキも浮気なんかじゃなくて、山根に対しては真剣なんだ」

「だから……？」

「山根のほうにしても、婚約者まで捨てて真剣に打ち込んでくる三ツ橋マキを、浮気のつもりで受け入れることはできないだろう。山根だってやはり、三ツ橋マキには真剣なんだよ」

「そうなると不二夫さんにとって、わたしは邪魔な存在だわね。それで不二夫さんは、わたしを捨てた。捨てられたわたしの心には、彼に対する憎悪だけが残った」

「あなたはあっさり、山根のことを諦められない。忘れるどころか、日増しにあなたの憎しみと怒りの炎は燃え盛る。新聞記事として慣れっこになっていることだけど、裏切った男に復讐してやろうという女の執念が、行動となって表われた」

「わたしは、どんな行動をとったの」

「山根への殺意を、抑えきれなくなったんだよ」

「殺意……」

「あなたは、山根不二夫を殺した」

「わたしが、不二夫さんを殺した……！」

「動機は、いま言ったとおりのことだ」

「わたしがいつ、不二夫さんを殺したの」

「今夜だ」

「どこで！」

「山根の家でさ。ここから歩いて十分のところにある山根邸の一室で、あなたは彼を殺して来た」

「その足でわたしは、ここに立ち寄ったというわけなの」

「そういうことになる」

「馬鹿げているわ」

「さっき、パトカーが何台も集まって来た。パトカーのピーポーは、この近くまで来て一斉にやんだ。現場に到着したからなんだが、その現場が山根邸であったとしてもおかしくはない」

「確かに、そのくらいの距離みたいだったわ」

「つまり、山根邸で彼の死体が見つかり、何台もパトカーが急行して来たんだよ」

「それだからって、わたしが何も……」

「悦子さん、顔色が悪いな」

3

「どうして、トマト・ジュースを飲まないんだね」

「あんまり、飲みたくないの」

「じゃあ、リンゴは……」

「結構だわ」

「どうしてなんだ。両方とも、あなたの大好物じゃないか」

「食欲がないの」

「まあ、当然だな」

「当然……」

「人を殺した直後に、食欲があるほうがどうかしている」

「わたしを、殺人犯にしてしまっているのね」

「あなたは、山根不二夫を刃物で刺し殺したんじゃないのか」

「またどうして、そんなふうに言い切れるの」

「刃物は多分、包丁だったんだろうね。恨みの犯行に、女が包丁を凶器とする率は高いそうだ」

「それだけのことで、あなたは推定を断定にしてしまうのね」

「あなたは包丁で、山根不二夫を刺し殺した。犯行の直後だけに、その記憶は生々しい。いや、いまだけじゃない。当分あなたは、包丁というものを恐れるだろう」

「いまのわたしが、包丁を恐れているように見えるの」

「包丁を手にすることが、いまのあなたには恐ろしい。それで、目の前にある包丁を、あなたは手にすまいとする。包丁を手にしなければ、リンゴの皮はむけない。だから、あなたはリンゴを食べずにいる」

「理屈ね」

「包丁で何度も、山根を突き刺した。鮮血が飛散して、あたり一面は血の海だ。そうした光景は、あなたの網膜に焼きついているだろう。そのために、あなたはトマト・ジュースも飲めない」

「どうしてなの」

「血を連想するからだ」

「だったら、わたしの手だって、血で汚れているはずよ」

「手や顔についた血は、もちろん何かで拭き取ってから、丹念に洗ったんだろうね。あなたは、お化粧がうまい。あなたはどんなに忙しいときでも、メイクアップを省くことがなかった」

「ましで外出したり、会社へ出勤したりするのに、化粧しないということはなかったはずだ」

「ええ」

「ところが、いまのあなたは化粧っ気がまるでない」

「いまは、口紅もつけていないもの」

「顔についた血を拭き取って、そのあと何度も洗顔を繰り返す。そうすれば、化粧っ気が微塵《みじん》も残らないのは、当然すぎるくらいに当然さ」

「それはまあ、そうでしょうね」

「もちろん、そのあとで化粧をし直すという気持ちの余裕は、あなたにもなかったんだろうな」

「身体にも、返り血を浴びるわ」

「それは、当たり前のことだ。足にだって、血は飛び散るだろう」

「足も、洗ったことになるの」

「順を追って、説明しようじゃないか」

「いいわよ」

「あなたは今朝、いつものように会社へ出勤した」

「ええ」

「そして、一日の勤めが終わった」

「あの会社、相変わらず退屈だわ。一日の勤めを終えたＯＬたちは、先を争うようにして会社を出ていくのよ」

「そのほとんどが、家路につくことになるんだ」

「半分ね。あとの半分は、デートってことだわ」

「あなたも、自宅へは直行しなかった」

「ええ」

「あなたが足を向けたのは、山根の家だった」

「そうよ」

「途中で、あなたは包丁を買ったんじゃないのか」

「まあ、いいわ。公次さんの話を、進めて下さい」

「あなたは、山根と最後の話し合いをした」

「どうして、話し合いをしたっていうことになるの」

「あなたの会社から山根の家まで、一時間はかかる」

「丁度、一時間ね」

「あなたは、五時に会社を出た。山根の家についたのは、六時ということになる」

「ええ、六時だったわ」

「あなたが山根を殺してから、ここへ来たのは十二時だった」

「そうね」

「あなたは山根の家に、六時間近くいたんだ」

「ええ」

「話し合いでもしていなければ、そんなに長く山根の家にはいないだろう」

「でも、公次さんの推理によると、わたしは不二夫さんに捨てられて、すでに別れたことになっているんでしょ」

「うん」

「いったん別れたんだから、もう話し合いも何もあったもんじゃないでしょうに……」

「いや、話し合いをする目的は、ほかにあったんだよ」

「どんな目的なの」

「話し合いながら、チャンスを待つことだ。いつ襲いかかったらいいか、あなたはそのときを狙っていたのさ」

「そのために、六時間近くもかかったのね」

「六時間近く待って、あなたはチャンスを見つけた」

「どんなチャンスかしら」

「そこまでは、ぼくにもわからない。今日は朝から雨だったので、あなたはそのトレンチ・コートを着て、傘を持って会社に出勤した」

「そうよ」

「しかし、帰りに山根の家に寄ると、あなたはすぐにコートを脱いだ」

「当然だわ」

「したがって山根を襲ったときも、あなたはコートを着ていなかった」

「そうでしょうね」

「会社に出勤したんだから、あなたはブラウスにスーツを着ていたのかな」

「セーターにスーツだわ」

「もちろん、パンティ・ストッキングをつけて、ここへもはいて来ているブーツということになる」

「そのとおりだわ」

「あなたは、山根をメッタ突きにした。全身に、返り血を浴びる。セーター、スーツ、ストッキングも、血で汚れてしまった。顔と手足の血は洗い落とせても、衣服についた血はどうにもならない」

「脱ぐほかはないでしょうね」

「それで、あなたはスーツ、セーター、パンティ・ストッキングを脱いで、スリップ一枚だけになった」

「スリップだけには、血痕が残らなかったのね」

「それに、コートにもだ」

「そうか」

「あなたは早々に、逃げ出さなければならなかった。人を殺したあとの虚脱感、放心状態に、あなたは普通でなくなっている。雨が降っていても、傘をさそうなんて気持ちにはなれない」

「確かに、そうだわ」

「いまのあなたは、スリップとコートしか身にまとっていない」

「いくらなんでも、スリップ一枚だけで外は歩けないものね。全身を隠してくれるコートを、着ることになるわ」

「それに、あなたは素足にブーツをはいて、ここへやって来た」

「セーター、スーツ、それにパンティ・ストッキングは、どう始末したのかしら」

「凶器に使った包丁とひとまとめにして、ここへくる途中に捨てるか隠すかしたんじゃないのかな」

「とにかく、見つかることがないように、始末したわけね」

「そうだ」

「みごとな推理だって、申し上げたいところだけど……」

「これで一応、常人とは思えない今夜のあなたの奇行について、理論的な説明がついたということになる」

「あとひとつだけ、残っているわ」

「どんなことだい」

「なぜ、わたしが不二夫さんを殺したその足で、公次さんのところへ来たかということよ」

「そうだった。それは、ひと口に言って、人間の弱さというものだろうね。あるいは、一種の犯罪者心理ということになるかもしれない」

「犯罪者心理ね」

「ここに、ひとりの少年がいる。その少年は、厳しい両親が嫌いだった。自分の家庭は、つまらないと思っている。あるとき、その少年は遊びにいった先で、大勢のイジメッ子にぶつかってしまう。少年はさんざんイジメられて、泣く泣く家に帰ってくる。そんなときに少年は、家庭とはいいものだということを思い知らされる。同時に少年は両親に本物の庇護者というものを感じて、いつになく甘えてしまう」

「その少年がわたしで、公次さんが両親ってことになるのね」

「夢中で人を殺したあと、犯人がしみじみ味わうのは、どうしようもない絶望感と孤独感なんだ」

「うん、わかるわ」

「もう、自分の人生はおしまいだ。警察の追及を、逃れることはできない。広い世間に自分を相手にしてくれる人間は、ただのひとりもいないんだ。それに、行けるとこはどこにもない」

「自分の家に帰っても、決して安全じゃない。家族にもほんとうのことは打ち明けられないし、むしろ親兄弟の顔を見るのが辛いだけね」

「家族以上に頼れて、無条件に受け入れてくれる人間がいたら、その人のところへ行きたいという気持ちになる」

「その人のところへ行けば罪を逃れられるとか、死ぬまで安全だとかいうんじゃなくてね」

「たとえ二、三日だけでも、いや今夜ひと晩だけでもいいんだ。温かく迎えてくれて、相談に乗ってくれて、甘えさせてくれて、慰めてくれる人間というものを、求めるんだよ。つまり、どうしようもない孤立感、孤独感から救われたいんだな」

「そうなると男にとっては女、女にとっては男ってことでしょうね」

「そうだ」

「わたしにとっては、公次さん……」

「そうでなければ、あなたが一年半前に裏切ったぼくのところへ、のこのこやってくるはずはない」

「それも夜遅く、ひとりで訪問するなんてね」

「前もって、電話もくれずにだよ。むかし捨てた男とヨリを戻したくなったというんでも、訪ねてくる前に電話ぐらいはくれると思うね」

「そうね」

「夜中の十二時に、ぼくがひとりで住んでいることを承知のうえで、マンションを訪れる。そうなれば常識的に判断して、あなたはぼくに抱かれるために、ここへ来たってことになる」

「そうね」

「山根の家を出たあと、あなたはこの近くにぼくが住んでいることを思い出した。いまのあなたを温かく迎えてくれるとしたら、ぼくのほかにはいないんじゃないか。あなたは、そう考えた」

「一年半前にあなたを裏切ったことを、忘れてかしら」

「いや、忘れてはいないさ。むしろ、そのことを覚えているからこそ、あなたはぼくが最適だと思ったんだろう。つまり、女の計算というやつだ」

「どんな計算なの」

「ぼくは、あなたを愛していた。いまでも、ぼくのその気持ちは、変わっていないんじゃないか。あなたがぼくを頼ってくれれば、ぼくは裏切られたということなど水に流して、あなたのために尽くすのではないか。つまり、惚《ほ》れた弱みというのを利用してやろうって、そんな計算もあったんじゃないのかな」

「そう」

「悦子さん、あなたは泣いているのかい」

「ちょっとだけね」

「どうして、急に泣き出したんだ」

「悲しいからに、決まっているわ。情けなくって、悲しいのよ」

「情けないとは……？」

「あなたに言われたことが、何もかも情けなくってね。すぐに泣きやむから、待っていてちょうだい」

4

「泣きやんだね」

「ええ」

「泣いたところで、どうにもなりはしない。それより、問題は今夜どうするかだ」

「そうね」

「ぼくにできることだったら、どんな相談にも応じようじゃないか。あなたもそれを期待してここへ来たんだろうし、ぼくにだってまだあなたに対する情というものがある。可能な限り、協力するよ」

「そうお」

「少なくとも、ぼくの口からあなたがここにいることを、警察に通報するといった行動はとらない」

「わかったわ」

「しかし、あなたに残された道は、三つしかないんだ。このことだけは、動かしようがない」

「三つって……」

「第一に、逃げること。第二に、自首することだ」

「第三は……?」

「死ぬことだよ」

「自殺という意味ね」

「そうだ」

「わたしがもし不二夫さんを殺しているんだったら、おそらく第三の道を選ぶでしょうね」

「ぼくも、そう思う」

「だけど……」

「警察は、あなたを容疑者と見るだろう。あなたには、山根を殺す動機がある。それに、あなたは山根の家に今夜、傘を残して来ている」

「公次さんはどうしても、わたしを不二夫さん殺しの犯人にしてしまいたいのね」

「犯人にしたいんじゃなくて、あなたは犯人なんだ」

「この場での公次さんとわたしのやりとりの一部を、テープにとったんじゃないのかしら」

「テープにとる……？」

「ええ」

「何のために、二人のやりとりを録音したりするんだ」

「わたしが不二夫さんを殺した犯人だという証拠にして、警察に持ち込むつもりなんでしょうね」

「そんなものが、証拠になるかね」

「聞きようによっては、あなたの詰問に対して、わたしが消極的に犯行を認めているというふうにも、受け取れるわ。そのために公次さんは延々と、わたしとのやりとりを続けたんでしょ」

「それこそ、馬鹿げたことだ」

「さっきから公次さんは二度、ダイニングやトイレに立っているわ。それは、ポケットの中のレコーダーのテープを、交換するためだったんでしょ」

「たとえ、そんなことをしたって、あなたが警察で全面的に犯行を否定すれば、証拠としての価値はなくなる」

「いいえ、わたしは今夜のうちに、殺されてしまうのよ」

「誰が悦子さんを、殺したりするんだ」

「あなただわ」

「何だって……！」

「そうね、このマンションのベランダから、わたしを突き落とす。テープに録音されていることが、わたしの告白と遺書になるでしょうね。わたしは愛する人を殺して、その事実をむかしの恋人に明かしてから、自殺したってことになるわ。それで、不二夫さんが殺された事件は、解決するってわけよ」

「どうして、ぼくがそんなことをしなければならないんだ」

「あなたが、救われるからだわ」

「なぜ、ぼくが救われる」

「わたしが、犯人として死ぬでしょ。本物の犯人は、死ぬまで安全じゃないの」

「まるで、ぼくが本物の犯人、ぼくが山根を殺したみたいな言い方じゃないか」

「そうよ、不二夫さんを殺したのはあなた、公次さんだわ」

「いいかげんにしてくれないか、悦子さん！」

「わたしが訪問する十分前ぐらいに、あなたはここへ戻って来た。手や顔についた血を洗い落として、着替えをすませたところへ、わたしがやって来たってことね。わたしの変わった服装や行動を見て、あなたは咄嗟《とっさ》にわたしを身代わりの犯人に仕立てようと思いついた」

「それで、ぼくはテープを用意して、もっともらしいやりとりを、あなたと続けたって言いたいんだね」

「あなたのそういう魂胆が、わたしにはつくづく情けなかったわ。あまりにも、卑劣すぎるんだもの。わたしが情けないって泣き出したのは、そのせいだったのよ」

「ものは、言いようだな」

「わたしが言ったことは、すべて真実だわ。わたしは、不二夫さんと別れてなんかいない。彼とは心から愛し合っているし、三ツ橋マキさんとの浮気も認めていた。今夜のわたしは、彼のところに泊まることになっていたのよ。その愛する彼が血の海の中で死んでいる現場を、わたしは目のあたりに見てしまった。顔色が悪いのも、食欲がないのも、当然のことじゃないの」

「ぼくにいったいどんな動機があって、山根を殺したというんだね。一年半前にあなたを奪われたことで、いまになって彼を殺すというんでは気が長すぎる」

「二カ月前に、あなたはまたしても婚約者を、不二夫さんに奪い取られたってことになるんでしょ。あなたは友人の婚約者という言い方をしたけれど、三ツ橋マキさんはあなたと婚約していたんだわ。わたしに次いで二人目の婚約者も、不二夫さんのもとへ走ってしまった。もう許せないと、あなたの怒りは不二夫さんへの殺意になったのよ」

「なるほど……」

「あなたのおっしゃったことにも、ひとつ大きな矛盾があるわ」

「どんな矛盾だ」

「パトカーよ」

「パトカーが、どうしたんだ」

「何台ものパトカーが、不二夫さんの家に急行した。それは、間違いないことよ。でも、一一〇番に通報しなければ、パトカーはこないでしょ」

「それは……」

「不二夫さんは、路上で殺されたわけじゃない。夜遅く家の中で殺された不二夫さんの死体を、いったい誰が発見して一一〇番に通報するの」

「家政婦が……」

「家政婦は通いだから、夜遅くまではいないわ」

「じゃあ……」

「そうなの」

「あなたが、一一〇番に通報したのか」

「犯人が一一〇番に、通報するはずがないでしょ」

「だったら、どうしてあなたは山根の家で、パトカーが到着するのを待っていなかったんだ」

「わたしは一一〇番に通報してから、すぐこのマンションへ向かったのよ。その必要があったから……」

「ぼくを、逃がすまいとしてか」

「できることなら、あなたを自首させたいと思ってね」

「山根が殺されているのを見て、あなたは犯人はぼくだって直感したのかね」

「わたしは公次さんみたいに、直感や想像だけでものを言ったりはしないわ。わたしは、目撃者なのよ」

「山根の家で、ぼくを見たというのか」

「玄関から飛び出していったあなたの後ろ姿をね」

「そうだったのか」

「現場にあなたの名前を書き残して来たから、そろそろ刑事さんがここへくるんじゃないかしら」

「質問したいことがある。あんなに大切にしていた髪を、どうして短くしてしまったのかね」

「本物の髪には、シャンプー剤がついたままだったしね。傘をさす余裕もなく、不二夫さんの家を飛び出して、ここへこなければならなかったでしょ」

「よく、わからない」

「シャンプー剤にまみれた髪を隠すために、それから傘の代わりに、これをかぶって来たということなの。ほら、こうしてはずせば……」

「カツラだったのか」

「いまは、ヘア・ウィッグっていうのよ」

「スリップのうえにコートだけという恰好《かっこう》は、何のためだったんだ」

「公次さんは、わたしがコートの下にスリップだけはつけているって、決め込んでいるようね。だったらコートの前を開くから、よくごらんなさい」

「スリップも、つけていない！」

「裸のうえに、コートを着ているだけ。わたしは、お風呂にはいっていたの。物音を聞いたときは、髪を洗っていたのよ。浴室を飛び出したわたしには、一一〇番に通報することと、現場にあなたの名前を書き残すことで精いっぱいだったわ。あとはヘア・ウィッグをかぶって、裸のうえにコートをまとって、大急ぎで雨の中へ飛び出していった。当たり前なことだけど、そんなときにお化粧だって、していられるはずはないでしょ」

酒乱

その夜

「どうだい、あんたも、やるかね」

「お酒ですか」

「うん」

「からかわないで下さい」

「からかってなんて、いませんよ」

「飲まないって、わかりきっているくせに……」

「飲まないものと決めてかかっているんなら、こうしてすすめたりするもんかね」

「じゃあ、あなた、本気なんですか」

「本気も何も、ないじゃないか。亭主が誕生日の祝い酒を、女房にすすめているんだ。当たり前なことだろう」

「でも、お酒に関しては、わたしは当たり前な女房じゃありませんからね」

「まあ、いいじゃないか。それはもう、遠い昔のことさ」

「ですけど、これまでだってあなたの誕生日は、何度もあったんですよ。それでも、あなたは一度だってわたしに、お酒をすすめてくれたことなんて、なかったじゃありませんか」

「うん」

「それなのに、今度のお誕生日に限って、なぜ一杯やらないかなんて、すすめて下さるんです」

「気味が悪いか」

「何かそれなりの根拠があるのかどうかって、やっぱり気になりますよ」

「根拠はある」

「本当かしら」

「それはあれから丁度、二十年がすぎたってことなんだよ」

「あれから、二十年……」

「あの事件があったのは、わたしの三十八回目の誕生日の夜のことだったんだからな」

「そうでしたねえ」

「早いもんだ。その日からぴったり、二十年ってことになる」

「わたしは、三十二だったんだわ」

「うん。仕方のないことだが二十年たてば、人間も二十ほど年をとる」

「今日で、あなたは五十八。わたしはいまのところ、まだ五十二ですけどね」

「とにかく、二十年もすぎればどんな過去だろうと、なかったことと同じになる。それで、わたしはもう過去のことを忘れなさいという意味で、あんたに酒をすすめてみたんだがね」

「ちゃんと、意味があったんですね」

「この歳になって、何の意味も考えもなく、ただ気紛《きまぐ》れだけで物事はやらんよ」

「二十年ぶりに、すすめて下さったお酒ですね」

「何もセンチになることは、ないじゃないか」

「センチになるんじゃなくて、やっぱり感慨を覚えます」

「二十年ぶりに禁酒を、破るってことの感慨か」

「それもありますけど、このお酒のために人間ひとりの命を奪うことになったんだなって……」

「それは、酒そのものの罪じゃない。あんたの飲み方が、よくなかったんだ」

「酒乱ですか」

「だから禁酒を破ることなんて、一向に構わないんじゃないのかな。要するに、自分がわからなくなるような酔い方を、しなければいいんだよ」

「そういうことが、二十年前のわたしによくわかっていたらねえ」

「過去をそんなふうに振り返るのは、よくないと思うな。もう消えた過去、無に帰したことなんだ。だから、いまさら悔やんだりしないで、綺麗《きれい》さっぱり忘れることだよ」

「本当にあなたって、やさしい方なのね。いまになって、しみじみとそう思います」

「馬鹿だね。何も、泣くことはないじゃないか」

「でも……。あなたは今日までただの一度だって、わたしを責めたことがないんですよ。あのことで、あなたに殴られようと蹴られようと文句は言えないんだって、わたしのほうで覚悟していたのに……」

「あんたのことを叱ったところで、仕方がなかったんじゃないのかね」

「ですけど、あなたに離婚を申し渡されようと、わたしには首を振る資格さえなかったんだわ。わたしと離婚したからって、あなたを非難する人はいない。世間はむしろ離婚なんか当然だと思うし、とんでもない女を妻にしたもんだって、あなたに同情するだけでしたでしょうね」

「まあ、そうムキになりなさんな」

「わたしは、人を殺したんですもの。夫だって妻だって、人殺しとは離婚するってのが、世間の通り相場でしょ」

「そうかねえ」

「それなのに、あなたは一度もわたしを責めようとなさらない。それどころか、わたしのことを世間の白い目から庇《かば》って下さったんですものね」

「苦しいとき辛いときに、本当の味方になる。それが、夫婦というものじゃないのかねえ」

「そしていまでは何もかも安泰、未だにあなたとも夫婦でいられるし、わたしはしあわせな女です」

「いやあ、わたしのほうこそ、あんたに感謝すべきなのかもしれない」

「あなたのほうがって、それどういう意味かしら」

「それに、あんたが酒に溺れるようになったのも、わたしにその責任があるんじゃないだろうか」

「何をおっしゃるんです。それこそ、馬鹿みたい」

「あの時代は、いろいろな意味で苦しかっただろう」

「まあ、貧乏はしていましたけどね」

「わたしの勤め口が、なかなか定まらなかった。どこに勤めても、うまくゆかずに、すぐやめてしまう。失業と就職を、何度繰り返したことか」

「勤続十二年の会社がつぶれて、あなたは中途半端な年齢でまた最初から、やり直さなければならなかったんですもの。どこに勤めたって実力は認めてもらえない、待遇は悪い、飛び入りの扱いをされる。あなたも面白くないから、すぐやめてしまって新しい就職先を求める。悪循環には違いないけど、無理もなかったんじゃないのかしら」

「しかし、そうした結婚生活の不安定、経済的な意味での心細さが、あんたの神経を参らせたんじゃないのかね」

「いいえ。わたしが人間的に、弱かったんです。もともと寂しがり屋で甘えん坊で、精神的に脆《もろ》い女だったたし、内向しながら逃避することばかり考える性格だったでしょ。それに、娘時分からお酒が好きだったので、酔いに紛らわそうって安易に考えちゃったんでしょうね」

「それから、流産したことも、かなり響いたんじゃないのかね」

「ああ、それはありますね」

「流産したことが、あんたの心身に打撃を与えたと、わたしもすぐに察しはついたんだが……」

「ノイローゼみたいに、なったくらいですもの。でも、やっぱり自分を甘やかしていたし、あなたにも甘えていたんだと思いますねえ」

「そうかな」

「だって、流産する人は大勢いるんだし、わたしだけが参って当然ということにはならないでしょ。それに経済的に不安定だからって共稼ぎをするわけじゃなし、わたしはちゃんと現金でお酒を買って来て呑んだくれていたんですもの」

「うん」

「とにかく、あの二年間は凄まじかったですね。いま考えてみても、冷や汗が出るくらいだわ」

「シラフでいたのは、五日に一度の割りだったかな」

「正直に言って、シラフでいるってことは、まったくなかったんです」

「そうかい」

「飲まない日ってのは、一日もありませんでしたから……」

「すると、ほろ酔いでいるときは、わたしから見るとシラフに思えたのかな」

「そうでしょうね。あなたがまた盃一杯のお酒を飲むのに、大変な苦労をするという人だったでしょ。だから、あなたにはわたしがお酒を飲んでいるって、顔を見ただけじゃわからなかったんだわ」

「あんたが泥酔状態でいるときだけ、わたしには飲んでいるなってわかるんだね」

「ですから、五日のうち四日は泥酔状態にあった、ということになるんですね」

「まさに、大酒乱だったな」

「それが、わたしにはまったく、覚えがないんですから……」

「まるで、別人になってしまうんでね。翌朝になると、あんたは借りて来たネコみたいにおとなしい。そして決まって、もう二度とお酒は飲みませんって、泣きながら誓うんだよ」

「ところが夜になって、あなたがアパートへ帰っていらっしゃると、そこには人が違ってしまったわたしがいる」

「もう何を言っても、通じない大トラさ。いったい何が気に入らないのかわからないけど、とにかく泣いたり喚《わめ》いたりしながら、ものを投げつけて暴れ回るんだ」

「自分の住まいだけならともかく、アパートのあちこちの部屋へ乗り込んで行くこともある。外へ出て行けば近所の人や通行人に絡んで、暴れ狂う。まったく、始末に負えない酒乱だったんでしょ」

「交番へ連れて行かれると、警官に殴りかかったりするんだ。あれには、まったく困ったね」

「あなたも毎日のように、ご近所を謝って回って……。本当に、大変だったでしょうね」

「しまいには馴れてしまって、あまり感じなくなったがね。近所の人たちも諦めたのか、呆れ果てたのか、本気になって怒らなくなった」

「あの女房は、どうしようもない。あそこの奥さんは、手に負えない酒乱だ。あんなアルコール中毒みたいな女と、一緒にいる亭主の気が知れない。離婚するか、どこかに隔離してしまえばいいのにって、近所では評判だったんでしょ」

「まあね」

「その頃に、あなたが別れる気になったとしても、わたしには文句が言えなかったんですよ。どうして、わたしに愛想づかしをしなかったんですか」

「いや、わたしだってただの人間だ。いっそのこと別れてしまおうかって、考えたこともあるんだよ」

「そうでしょうね」

「それに、あの状態がもう半年も続いていたら、間違いなく離婚していたんじゃないだろうか」

「どうしてそこまで、あなたは決心なさらなかったの？」

「やっぱり、あんたに対する情ってもんだろうな。わたしがいなくなったら、咲子はどうなってしまうんだろう。そう思うと、なかなか決心がつかなくってね」

「あなたって、本当にやさしいんですよ」

「当然だと、思うよ」

「いろいろとご迷惑をおかけして、どうも申し訳ございませんでした。それに、見捨てないで下さって、ありがとうございました」

「いまさら、何を言うんだね」

「二年間もお酒に溺れて荒れ狂い、挙句の果てには人殺しまでした悪妻を、あなたは黙って許して下さったんです。わたしが幾ら感謝したって、すぎるということはないと思うわ」

「しかし、それだけの甲斐はあったんだ。お蔭でいまはこうして、夫婦揃って結構な身分でいられるんじゃないか」

「あなたのお蔭です」

「いまではもう文作さんだって、恨みを忘れてくれているだろう。あの世にしたって、二十年もたてば遠い昔ということになるだろうからね」

「そうでしょうか」

「あんただって毎年、必ず文作さんのお墓に参って、あんたなりの勤めを果たしているんだ」

「お墓参りを欠かさないのは、当然すぎるくらい当然なことだわ。文作さんを殺してしまったのは、このわたしなんですから……」

「まあ、それも仕方のないことだったのさ」

「あなたは、そのこともまた、許して下さったのね。文作さんはあなたと従兄弟《いとこ》同士、その上あなたにとってたったひとりの血縁者だったんですものね。そうした文作さんを、あんな目に遭わせたわたしなのに、あなたは悲しそうにしているだけで決して責めたりはしなかった」

「あんたを責めたところで、文作さんが生き返るわけではなし……。それに、あんたは自分が何をやっているのか、まるで気づいていなかったんだ。赤ン坊の悪戯《いたずら》を、叱りつけるようなもんじゃないか」

「そのあなたの寛大さに、わたしは泣けましたよ」

「それに祖父を除けば、確かに文作さんはわたしにとって、たったひとりの血縁者だった。だけどね、肉親じゃないんだよ。従兄弟同士なんて、所詮は他人さ。わたしは文作さんよりも、あんたのほうに情を感じたね」

「そうですか」

「もう一つ、はっきり言っておこうか」

「ええ」

「実はわたしも、あの従兄が嫌いだったんだよ」

「まあ……」

「年は一つだけ、文作さんのほうが上だった。だからと言って、あの人は父か兄か後見人みたいに、わたしに対して威張るんだ」

「そうでしたねえ」

「何かあると待ってましたとばかりにアパートへやって来て、おい東吾って頭ごなしにわたしをやっつける」

「東吾、東吾って、いつもあなたのことを呼びつけにしていましたねえ」

「あの人は、説教するのが好きだったよ」

「ほかに血の繋《つな》がった人がいないので、文作さんはあなたの実のお兄さんみたいな気持ちでいたんでしょ」

「しかし、あの文作さんって人には、説教する資格なんてなかったんだ。あの年まで独身だったし、借金と女出入りでゴタゴタが絶えなかった。売れもしない小説を書いているだけなのに、作家気どりで威張りくさっていてねえ」

「根は、いい人だったんでしょうに……」

「あんたもずいぶん、文作さんから説教をされたんだろう」

「わたしに限っては、説教されるのが当たり前でしたからね。女だてらに酔っぱらって大勢の人に迷惑をかけるとは何事だ、亭主の身にもなってみろ、自分を甘やかすな、たったいまここで禁酒を誓えというお説教なんだから、文作さんのおっしゃることのほうが正しかったんですよ」

「それにしても、あの文作さんのネチネチした毎度の説教だ。あんたも無意識のうちに、文作さんのことを敵視するようになったんだろう」

「そうでしょうね。記憶にはありませんけど、どんなに泥酔していても文作さんの顔を見ると、また敵が来たなって警戒したような気がします」

「二十年前の今日も、文作さんはアパートの部屋へ乗り込んで来た。多分、夜の七時すぎぐらいだろうと、警察では推定していたけどね」

「あの日も例によって、わたしは昼間から、ひとりでお酒を飲み始めましてねえ」

「あの頃はもう、焼酎《しょうちゅう》を飲むようになっていたな」

「それも、一升じゃあたりなくなっていたんだから……」

「際限《きり》なしのザルだった」

「あの日は午後三時から飲み始めて、二、三時間はそれでも記憶が残っているんですよ。文作さんが来たということも、文作さんと激しく喧嘩したってことも、文作さんにぶたれて引っくり返ったってことも、飛び石みたいにところどころ、ぼんやりとだけど覚えています」

「わたしが帰ったときは、八時になっていた。アパートの部屋へはいって、わたしは驚いたね。一瞬、そこで何が行われているのか、わたしにはわからなかったよ」

「わたしは、もの凄い形相《ぎょうそう》をしていたそうですね」

「うん、青鬼みたいな顔だったな」

「人を殺そうとするときは、誰もが青鬼みたいな顔になるんでしょうね」

「あんたは狂ったように、文作さんの頭をアイロンで撲りつけていた。咲子、咲子と名前を呼んでも、あんたの耳にははいらない。それで、わたしは無我夢中であんたを突き飛ばし、アイロンを取り上げた」

「でも、もう手遅れだった……」

「あの重いアイロンで、頭を乱打されたんだからね。文作さんの頭は割れ、骨まで砕けていた。わたしが抱き起こしたとき、文作さんはもう死んでいたよ」

「恐ろしいことを……。未だに、身の縮む思いだわ」

「だが、あのときのあんたは、ただぼんやりとしているだけだった。わたしは仕方なく、バケツの水をあんたに浴びせてね」

「本当に、恐ろしい女でした」

「いや、咲子が恐ろしい女なんじゃなくて、泥酔した咲子が恐ろしいんだよ。その証拠に、あの事件をキッカケに一滴の酒も飲まなくなったあんたは二十年の間、実にやさしくておとなしい女で通せたじゃないか。そうしたあんたこそ、咲子という女の本当の姿だと思うね」

「ありがとうございます」

「あんたは、自分がわからなくなっていた。あんたは一個の人間としての人格も、責任能力も失っていたんだ。つまり泥酔の余り、あんたは人間じゃなくなっていたのさ。だからこそ、殺人罪には問われなかった。心神喪失状態にあったことが認められて、あんたは不起訴処分にもなったんじゃないか」

「あなたがすぐに、わたしを自首させて下さったことも、結果的にはよかったんでしょうね」

「それに警察の調べで、文作さんもまたかなり酔っていたってことがわかった。まあ、いろいろな意味で、心神喪失状態にある者の殺人ということが立証されたんだろう」

「あれから、もう二十年……」

「二十年もたてば、法律的にはもちろんのこと、良心の点においても時効になる。だから過去を忘れて、今夜は二十年ぶりに一杯やりなさいって、すすめてみたんだけどね」

「そうですねえ。じゃあ折角ですから、頂きましょうか」

「お酌をしよう」

「すみません」

「お手伝いさんたちは、田舎からいつ頃、戻ることになっているんだね」

「みんな、五日に帰って来るそうです。それまでは、何かと不自由でしょうけど……」

「わたしは、構わないね。年始の客を断わるために、三が日は旅行すると嘘をついているくらいなんだからな」

「お客さまも見えないし、電話もかからない。わたしたち二人だけで、本当に静かなお正月だこと」

「正月は、これに限る。一年に一度の骨休めだから、静かにのんびりと過ごすべきだ。

それに一月三日はわたしの誕生日、誰にも邪魔されずにわが人生を振り返ってみたい」

「二十年前の一月三日と比べると、まるで地獄と極楽の違いですね」

「どうしたんだ。酒を注いだだけで、飲まずにいるんじゃあ何にもならない」

「やっぱり、怖いんですよ」

「わたしもこうして、お銚子一本の酒が飲めるようになったんだ。あんたが猪口《ちょこ》一杯だけの酒を怖がるなんて、まるで逆さまじゃないか」

「本当に、一杯だけ……」

「それ以上は、わたしもすすめんよ。よう、飲んだな」

「ご馳走さま……」

「おいしかったかね」

「そりゃあ、もう……」

その朝

「今年も、年賀状が多かったみたい」

「それにしても、現金なもんだな」

「何がです」

「五年前までは、わたし宛の年賀状なんぞ、ロクに来なかっただろう」

「このお屋敷へはたくさん来るんだけど、宛名は殆《ほとん》どおじいさまでしたね」

「それが、どうだ。年々、わたし宛の年賀状が多くなって……」

「そりゃあ、おじいさまが亡くなられたんですから、当たり前でしょう」

「しかし、わたしがこの屋敷に迎えられたのは、もう八年も前のことだ。そのときから、わたしが祖父の後継者になるだろうとは、誰にだってわかっていたはずだよ」

「でも、そのときはまだ、おじいさまが元気でいらしたしね」

「君臨するワンマンの祖父にお世辞を使うことばかり考えていて、やがては後継者になるはずのわたしを、無視したってわけじゃないかな」

「それが世間、人の心というものなんでしょ」

「四年前に祖父が死ぬと、掌《てのひら》を返すようにわたしの存在を大事にするようになった。何だか、寂しい話だよ」

「いいじゃありませんか。いまでは、あなたがトップの座にすわっていらっしゃるんだから……」

「咲子、このスリ餌は色が悪いな」

「スリ餌の色がですか」

「うん」

「これは、魚粉が多すぎるんだろう」

「どれ……」

「そうかしら」

「葉の分量を、もっと多くしてやったほうがいい」

「でも、このナミ文鳥ったら、とっても元気がいいわ」

「それは、ナミ文鳥じゃない。サクラ文鳥だよ」

「あら、じゃあこっちが、ナミ文鳥なんですか」

「サクラ文鳥のほうは、白斑があちこちに多く散らばっている」

「あなた……」

「このサクラ文鳥が、いちばん可愛いんだよ」

「ねえ、あなた」

「何だい」

「話は違うんですけど……」

「うん」

「昨夜あなた、妙なことをおっしゃいましたね」

「そうかね」

「そのことが何となく、気になってしまって……」

「どんなことを、わたしが言ったんだ」

「あなたのほうが、わたしに感謝しているって、おっしゃったでしょ」

「そんなことか」

「でも、わたしには、感謝される覚えなんてないし……」

「わたしは結果論を、素直に言っただけなんだよ」

「結果論ですか」

「そう」

「どういうことかしら」

「現在のわたしたちは、大変に結構な身分でいられる。財閥とかコンツェルンとかには程遠いが、幾つかの企業の実権をわたしは握っている。だが、そうした身分になれたのも、わたしの実力によってのことじゃなかったんだ」

「運だと、おっしゃるんでしょ」

「運がなければ、わたしは未だに腰の落ち着かない拗《す》ね者のサラリーマンのままで、いただろうよ。ところが突如として、運が開けたんだ」

「それは、おじいさまの後継者として、このお屋敷へ迎えられたということなんでしょうね」

「そうだ。では、なぜわたしが祖父の後継者として、ここへ迎えられることになったかだ」

「もちろん、本当の祖父に孫、ということだったから……」

「祖父は、一代で財を築いた人間にありがちなことなんだが、他人というものを信用しなかった。それに後継者には、どうしても自分の血を引く人間を選びたかった。ところが祖父の血を引く者としては、二人の孫が残っているだけだった」

「あなたと、文作さんね」

「祖父は、わたしか文作さんかを、自分の後継者にするつもりだった。しかし、祖父は小学校を出ただけで、あとは独力で地位と財産を築き上げた男だ。いわば努力の人だから、親の七光とか毛並がいいとかを極端に嫌った」

「ええ」

「祖父の口癖は、もっと苦労しろ、裸一貫でやり直せ、ということだったからね」

「そうだったらしいですね」

「そのくらいだから、祖父は二人の孫を甘やかさなかった。自分の孫だから、やがては自分の後継者にするんだから、早々に身近に置くようにしようということを、祖父は意識的に避けていたんだよ」

「それで、おじいさまは不遇時代のあなたや文作さんに対しても、まったく知らん顔でいらしたのね」

「何しろ、あの頃に千円を借りに行っても追い返されたし、就職の相談なんかには耳も貸してくれなかったからな」

「少しでもたくさんの苦労を積め、それが修行になるってわけなんですね」

「そうだ。そして祖父は健康に自信を持てなくなったとき、初めてわたしを後継者として、この屋敷へ迎えたというわけさ」

「そうなると運ではなくて、自然の成り行きってことになるんじゃないかしら」

「さあ、そうかな」

「違いますか」

「違うね」

「どうしてです」

「もし、文作さんが生きていれば、彼のほうが祖父の後継者になっていたはずだ。祖父は二人の孫を、後継者にするつもりはなかった。双頭の鷲は必ず、権力争いの因《もと》になるからってね」

「それで、おじいさまは何事もなければ、文作さんのほうをお選びになるつもりだったんですか」

「そうなんだよ」

「なぜでしょう」

「理由は、簡単だ。祖父は長男の息子である文作さんを、後継者にしたかった。わたしは、祖父の長女の子どもだからね」

「お年寄りらしい考え方だわ」

「そこでだ、咲子……」

「文作さんが後継者になっていたらと、おっしゃるんでしょう」

「そうだよ」

「あなたは精々、文作さんに使われる身だったということね」

「いや、文作さんのことだ。祖父の後継者として大きな顔ができるようになったら、それこそ始末に負えないくらいふんぞり返ってしまうだろうよ」

「あなたに対しても、意地悪をしたかしらねえ」

「まあ、祖父以上に冷たい仕打ちを、したと思うね。わたしのほうも、文作さんには使われたくないから、近づくまいとしただろうな」

「あなたがおっしゃるのは、そのあたりの運ってことですか」

「そう。ざっくばらんに言って、文作さんが生きていたら、今日のわたしというものはいなかった」

「あなたのお話を聞いた限りでは、そういうことになりますね」

「ところが、その文作さんは二十年前に、この世を去った」

「そこまでにしておいて下さい、その話は……」

「だから、わたしのほうが、あんたに感謝したいくらいだと、こういう言い方も成り立つんだよ」

「そんなことで感謝されるなんて、わたしはいやですね」

「まあ、いいじゃないか」

「あなたとわたしきりいないんですから、何をおっしゃろうと構いませんけどね」

「そういうことさ」

「でも、あなたはそうした話を、どうしてご存じなんですか」

「そうした話とは……？」

「おじいさまとしては、文作さんを後継者にするつもりだったとかいう話です」

「ああ、それは生前の祖母から、聞かされた話なんだ」

「おばあさまから……」

「うん」

「いつ頃のことだったんです」

「もう、ずいぶん前のことだな。二十年以上も前のことだったんじゃないかね。皮肉なことに祖母は、文作さんよりもわたしのほうを可愛がっていたもんだから……」

「そうだったんですか」

「さあてと、静かな正月も今日限りか」

「そうですね」

「明日は午後からでも、顔を出さなければならないところがある。まあ、明朝いちばんに、秘書が登場することだろう」

「お手伝いさんたちも、明日には顔を揃えるわ」

「そして明後日から、本当の一年の始まりだな」

「咲子」

「はい」

「わたしはやっぱり、あんたに感謝しますよ」

「人を殺したことを褒《ほ》めるような言い方は、もうやめて下さい」

「まあそうムキに、なりなさんな」

その昼

「あなた、よろしいですか」

「ああ、どうぞ」

「一服、いかがです」

「いや、遠慮しておこう」
「まあ、お茶室にいらっしゃるくせに……」
「わたしはどうも、番茶のほうが性に合うんでね」
「ああ、いい気持ち……」
「同じ屋敷の内にいて、いい気持ちなところと、そうじゃないところがあるのかい」
「同じ敷地内にあっても、お茶室だけは別ですよ」
「そうかな」
「清々《すがすが》しい気分になるし、身も引きしまりますしね」
「わたしは、何も感じないよ」
「そうおっしゃるくせに、よくお茶室においでてでしょ」
「そりゃあ書画を見るときは、茶室がいちばんぴったり来るからね」
「あら、素敵だわ」
「あんたにも、わかるのかい」
「素敵か、素敵じゃないかの、区別ぐらいつきますよ」
「そりゃあ、そうだろうな」
「南画ですか」
「南宗《なんしゅう》画と、言ってもらいたいね」

「立原杏所《たちはらきょうしょ》という人の作だそうだ」

「南宗画ね」

「有名な人なんですか」

「谷文晁《たにぶんちょう》の弟子ですよ」

「文晁なら、知っています」

「名前だけはね」

「文晁の弟子に、この立原杏所や渡辺崋山《わたなべかざん》がいた」

「もちろん、そうだわ」

「渡辺崋山も、知っているわ」

「画家としてではないだろう」

「やっぱり、名前だけってことになるかしら」

「こっちにもある。これは青木木米《あおきもくべい》という人の南宗画だ」

「これも、素敵だわ」

「わたしも、これが気に入ってね」

「ねえ、あなた」

「うん」

「本当に、いい気分ですね」

「空は日本晴れ、暖かな陽気。お隣りからは、琴の音が聞こえて来る。わたしたちはこうして、茶室でのんびり南宗画を眺めている。まったく、申し分ありませんよ」

「だからって、わたしに感謝なさることなんかないんですよ」

「そうかね」

「ものは考えようって、言うじゃありませんか」

「うん」

「あなたはご自分の力で、今日の運をきり開いたんだと、そう考えればいいんです」

「そうは、いきませんよ。ちゃんとした事実が、あるんだから……」

「その事実をほんの少し、手直ししたらどうかしら」

「事実を、手直しする……？」

「ものは、考えようでしょう」

「たとえば、どんなふうに手直しをすればいいんだね」

「つまり偶然ではなくて、何もかも最初からあなたご自身が計画を立てて、それを実行に移したんだということに、手直しをするんです」

「わたしが自分の計画に基づいて、実行に移したことってのは、まずどういうふうになるんだね」

「二十年前のあなたとわたしのことを、考えてみて下さい」

「うん」

「あなたはその頃、完全犯罪というものを頭に置いていました」

「完全犯罪ね」

「ええ。チャンスがあったら実行しようと、あなたは狙っていたんです」

「完全犯罪とは、どういうことなんだろう」

「この場合、あなたが考えていたのは、わたしを利用して人を殺すという完全犯罪だったわ」

「あんたを、利用してか」

「ええ」

「それはまた、面白そうな話だ」

「あなたが殺したかったのは、もちろん文作さんです」

「なるほど……」

「わたしは二年間、お酒に溺れきっていたわ。酒量は増すばかり、酔えば記憶も自覚も失って何をするかわからない。相手構わず絡んだり喧嘩を売ったりで、凶暴性さえ発揮する酒乱でした。そのことは、誰もが知っていましたね」

「まあ、世間周知のことと、言ってもいいだろうな」

「アパートの住人、近所の人たち、交番のお巡りさんに至るまで、わたしのひどい泥酔ぶりを知っていました。どうしてあんな女房と別れずにいるんだろうと、世間の同情があなたに集まるほど、わたしは悪名高き酔っぱらいでした」

「うん、それで……？」

「もし、わたしが泥酔した挙句に、日頃からいい感情を持っていなかった人を殺したとしても、世間は驚きません。ついにやったかと思う人なら、たくさんいるでしょう」

「事実、そうだったがね」

「それはまた警察に、心神喪失状態にあっての犯行だという印象を、強く植えつけることにもなりますね」

「そういうことに、なるかもしれない」

「そんなある日、あなたの待ち受けていたチャンスが訪れたんです」

「その日が、二十年前の一月三日だったというのかね」

「ええ」

「あの日、わたしは勤めて間もない会社の上司のところへ、年始の挨拶《あいさつ》に出かけたんだっけな」

「そうです」

「朝から何軒かを回って、アパートに帰ったときには夜になっていた」

「アパートには、文作さんが来ていました。わたしは例によって、昼間からのお酒に泥酔していたし、文作さんも正月酒でかなり酔っていたんでしょ」

「そうだった」

「わたしの泥酔状態を見て、あなたにはすぐにわかることがありました」

「何だろう」

「わたしが完全に、記憶も自覚も失っている状態にあるかどうかです」

「うん」

「そのときも、あなたはわたしの泥酔ぶりを見て、これだったら記憶も自覚もないだろうと、判断しました」

「楽しくなって来たな」

「その上、わたしと文作さんはかなり激しい調子で、酔っぱらった同士の喧嘩を始めていたんです」

「うん」

「あなたはいきなり、アイロンで文作さんの頭を撲りつけました」

「ほう」

「これ以上のチャンスは、二度と訪れない。やるならいまだと、あなたは一気に勝負に出たんです。あなたはアイロンで、文作さんの頭を滅多打ちにしました。もちろん、文作さんは死にました。そのあと、あなたは一旦アイロンについた自分の指紋を拭き取ってから、わたしに持たせたんです。そして改めて、あなたはわたしの手からアイロンを奪い取ったんです」

「うん」

「あなたはバケツで水を運んで、わたしに浴びせかけました」

「それから、一一〇番に通報した。家内が人を殺した、もちろん自首させるがまだ泥酔状態にあるので、とにかく来て欲しいってね」

「あなたはその時点で、すでにわたしが自首するということを強調しています。それも警察の心証を、よくするための小細工なんでしょ」

「とにかく、パトカーが来たよ」

「わたしは、虚脱状態にありました。いきなり水を浴びせられて、わたしには何が何だかさっぱりわかりません。誰が見ても、犯行のあと放心してしまっている犯人ってことになるでしょう」

「わたしの目の前で、あんたは文作さんを殺した。わたしという目撃者が、証人としているわけだ。あんたは殺人の現行犯として、その場で逮捕された」

「あなたもパトカーに乗って、警察まで付き添って来てくれましたね」

「うん」

「そのことにも、自首の体裁を整えるという計画があったんでしょ」

「あんたの酔いが醒《さ》めるのを待って、警察では取調べを始めた。あんたは、はっきりとした自供をしなかったね」

「それは、当然ですよ。泥酔したときのわたしって、何も記憶に残っていないんですもの」

「その代わり、あんたは否認しようともしなかった」

「それもまた、当たり前だわ。何も記憶していないんだから、覚えもないけど否定もできない。人を殺したんだと言われれば、いいえ殺してはいませんと断言できないんですからね」

「しかし、結局あんたは主人の証言があるんなら、きっと殺したんでしょうという認め方をしたわけだ」

「そうするほかは、なかったんです」

「その一方で、あんたの心神喪失による犯行ということが立証され、認められもしたんだよ」

「その点での証人なら、幾らでもいますからね」

「あんたは、起訴されなかった」

「それで、一件落着です」

「そうだったな」

「お蔭で、わたしは禁酒することもできましたしね」

「あんたは、罪に問われなかった」

「そして、あなたもね」

「わたしは、疑われることだってないはずだよ」

「そうですとも。殺されたのは、あなたの従兄でしょ。おじいさまを除いては、ただひとりの身内みたいなもの。それに、あなたには文作さんを殺す動機ってものが、ないんですものね」

「そういうことだ」

「いつ死ぬかわからない祖父の後継者になりたいがために、従兄を殺したという動機なんて誰も考えつきませんからね。殺人の動機としては、恐ろしく気の長い話でしょ。事実、あなたがおじいさまの後継者になるという目的を果したのは、それから十六年後のことだったんですものね」

「十六年後か」

「おばあさまから文作さえいなければ、あなたが間違いなく跡継ぎだと言われたのが二十年以上も前のこと。そのときから、あなたは計画を練り始めた。そして一、二年のうちに、あなたは計画を実行に移した。その日からもう、二十年がすぎたんですよ」

「完全犯罪かね」

「もう殺人罪の時効もすぎたし、これ以上の完全犯罪はありませんよ」

「面白い。あんたの話は、実に面白かったよ」

「そうですか」

「ところで咲子、この南宗画はどうだろうね」

「まあ、豪華ですね」

「江戸末期の南画家の作品なんだが、わたしは悪くないと思っている」

「有名な人なんですか」

「いや、知られてない人だ」

「迫力がありますね」

「ただ一つ、難点がある」

「難点って……？」

「創作じゃないだろうってことなんだよ」

「創作じゃないって、つまり盗作ということですか」

「好意的に解釈して、模写ということになるんだろうな」

「ほかの人の南画を、そっくり写し取っているんですね」

「それがまた、百パーセント正確な模写でもないんだ」

「だったら、盗作でしょ」

「ちょっと見ただけだと、浦上玉堂《うらがみぎょくどう》の名作〝凍雲篩雪図〟と間違えるというんだけどねえ」

「でも、よく見ると違うんですか」

「そうらしい」

「あなた、一服召し上がりませんか」

「番茶のほうがいい」

「張り合いのない……」

「咲子、さっきの話だがね」

「はい」

「真相はそういうことなんだから、わたしがあんたに感謝する必要はないと、言いたいのかな」

「まあ、そういうことにしておきましょうよ」

「ものは、考えようか」

「あなたのお蔭で、わたしも結構な身分になれたんですからねえ。それに、あなたがわたしに愛想づかしもしないで、大事にして下さったことには、変わりないんですから……」

「たったいま、わたしはあんたを利用して完全犯罪を成し遂げたと、いやな言い方をしたくせに……」

「すみません。わたしの言い方が、悪かったんです。あなたのやさしさを思うと、昨夜みたいにわたしはすぐ泣けてしまうくらいなんですよ」

「だったら、あんたももう少し素直にならないとね」

「素直じゃありませんか」

「うん」

「そうかしら」

「わたしはやっぱり、あんたに感謝すべきなんだよ」

「また、そんな……」

「わたしの完全犯罪は、あんたの協力があってこそ成功したんだからね」

「わたしの協力ですって……?」

「そう」

「それはまた、どういうことなんです」

「あんたは警察での取調べで、ついに本当のことを言わなかったじゃないか」

「え……?」

「文作を殺したのは主人で、わたしは何もしていません。わたしは文作と酔った上での口喧嘩をしていただけで、手でぶってもいないんです。あんたは警察で、そうは喋《しゃべ》らなかった」

「だって……」

「わたしの完全犯罪についての話は、すべてあんたの想像によるものだと言いたいのかね」

「ええ」

「しかし、想像というものには、限界があるんだよ。現実に見ていた人間でなければ、言えないってことがある。そこまでは、想像も及ばないってやつさ」

「そうですか」

「たとえば、あんたはこう言っている。わたしが一旦アイロンの指紋を拭き取ってあんたに持たせた上で、再びそれを奪い取ったと……」

「確かに、そう言いました」

「わたしが一旦アイロンの指紋を拭き取ってと、想像ではとてもそこまで言えませんよ。実際に見ていたからこそ、そんな詳しいことまで知っていたのさ」

「そういうことになりますか」

「あんたは、記憶も自覚もまるで失うほど、泥酔してはいなかった。つまり、心神喪失の状態にもなかったんだ。あんたはちゃんと、わたしがやったことを見て知っていたんだよ」

「それならそれでも、いいんですよ」

「要するに、夫婦共犯だったのさ。打ち合わせも何もない共犯で、しかも呼吸と思惑が互いにぴたりと合っていたんだ。その上、わたしもあんたも今日までの二十年間、そのことにはまったく触れずに過ごして来たというわけだよ。まさに夫婦ならではの共犯、ということになるのかな」

「まあ、どっちにしても同じこと。言っても言わなくても、よかったことかもしれませんね」

「まあ、そういうことだろう」

「それより、わたしたちにも子どもがいないんだから、あなたの後継者ってことで苦労しなければならないでしょう」

「まだまだ、先のことだよ。わたしもあんたも、あと三十年は生きるだろうしね」

「本当……。あなた、お番茶ならお飲みになるんですか」

「うん、熱いのを頼むよ」

「じゃあ……。いいお天気だこと。この分だと、梅の花が早く見られそう。今年もお庭に、ウグイスが来てくれるかしら」

霧

街角で

「もう今年も、間もなく終わりね。あと、十日……。例年のように、銀座にはクリスマスの飾りつけ、歳末大売り出しという宣伝文句、そして車の渋滞と雑踏。毎年、同じことを繰り返しながら、年をとっていく人間たち……」

「うん」

「それにしても、凄い雑踏ね。ねえ、暮れになるとどうして、こんなに大勢の人たちが銀座へ出てくるのかしら」

「さあね」

「ボーナスのせいかな。つまり、買物ね。でも買物のためにわざわざ銀座へ出てくるって人が、そう大勢いるはずはないわ。だってデパートはほかにいくらでもあるんだし、スーパーだって、たくさんあるんですものね」

「うん」

「それに、買物包みを持っている人より、手ぶらで歩いている人のほうが、はるかに多いみたいでしょ。そうなると、年末には何となく銀座を歩く人が多くなるってことなのかしら」

「ぼくたちだって、その口じゃないか」

「でも、群衆の街角って、いかにも師走《しわす》という感じね。楽しくて、寂しくて、温かい家庭が恋しくなって、何となく孤独になるのが年の暮れ……」

「感傷的になっているな」

「だって、わたしは師走の生活から、疎外されているんですもの」

「どうしてだ」

「どうしてって、そうでしょ。ただ、わたしの胸を吹き抜けるのは師走の風ってだけなんだわ」

「夫婦でこうして銀座へ来て、ビルの二階にある喫茶店でコーヒーを飲みながら、交差点の雑踏を眺めている。決して、疎外されてなんかいないよ」

「だけど、わたしたちには何も目的がない。買物もそぞろ歩きも、楽しい語らいも映画や食事も、私たちには無縁なんですものね」

「だったら、無縁でなくせばいいじゃないか。買物をして映画を見て、食事をしてから家に帰ろう」

「そんなことしても空しいだけで、かえって落ち着けないわ」

「みろ、みずから進んで、無縁にしたがっているんじゃないか」

「何をしても空しいから、目的もなく銀座にいる。そういうわたしだから、疎外されているってことなのよ」

「なぜ、何をしても空しいんだ」

「結婚前は、楽しかったわね。恋人同士の時代が、やっぱり最高なんだわ。あなたと腕を組んで、あちこちのウインドーをのぞいたり、書店に寄ったりしながら、時間も忘れて歩き続けたわね。その間ずっと二人は、喋《しゃべ》りっぱなしに笑いっぱなし……」

「うん」

「一度、夜中にわたしを五反田まで送ってくれて、そのあと終電が出てしまったということに気がついたって話があったわね」

「そうかい」

「タクシーで帰るしかないけど、あなたはお金がたりなくて、そうすることもできない。仕方なくあなたは、五反田から池尻まで歩いて帰ったって、半年ぐらいたって白状したじゃないの」

「あのときのことか」

「あなたからその話を聞かされて、わたし泣きそうになっちゃったわ。夜中の道を蜒々《えんえん》と歩き続けるあなたの姿を思い浮かべて、わたしは胸にジーンと来ちゃったのよ。そういうあなたが、わたしはたまらなく好きだったわ」

「何年ぐらい前のことだろう」

「結婚して四年、それより一年ぐらい前のことだから……」

「五年前か」

「遠い遠いむかしの話ね」

「五年前だったら、それほど遠いむかしじゃないだろう」

「いいえ、わたしにとっては何百年も前の出来事、遠い遠いむかしの思い出になってしまっているのよ」

「そうかな」

「あの頃は、楽しかったわ。でも……」

「でも、何だい」

「すっかり、変わってしまったわね」

「何が……?」

「あなたよ」

「当たり前だ。人間、年をとるからね。五年前のぼくは二十八、きみは二十四だった。それがいまでは、三十三の亭主と二十九歳の女房だ」

「年なんて、関係ないわ。いまのあなたは、むかしのあなたとは別人になってしまったの。わたしにとってはそのくらい、あなたという人が変わったってことなのよ」

「嫌みな言い方をするね」

「怖い目……。あなたは、いま、とても怖い目をしてわたしを見たわ」

「そうかい」

「いま瞬間的にあなたは、わたしが死ねばいいと思ったでしょう」

「まさか」

「いまだけじゃないわね。最近あなたは、わたしが死ぬことを、常に期待しているんでしょ」

「よせよ、くだらない」

「気の毒だけど、わたしが死ぬことを期待しても、無駄でしょうね。身体はどこも悪くないし、病気になってあっさり死ぬにはまだ若いでしょ」

「死ぬはずないさ」

「事故に遭って死ぬなんて、そう都合よくはいかないしね」

「馬鹿らしい」

「それに自殺するつもりもないわ。ノイローゼになったり悲観したりして、自殺を図るってことはあり得ないでしょうね。いまのわたしってむしろ、意地でも死にたくないという気持ちのほうが強いんですもの」

「いいかげんにしてくれよ」

「あとは、あなたが自分の手で、わたしを殺すしかないわ。そうね、あなたは最近わたしを殺してしまったらって、よく考えるんじゃないの」

「笑い話にもならないね」

「あら、わたし真剣よ」

「だったら、どうかしているんだ」

「だって、わたしに生きていられたら、あなたは困るんでしょ。わたしは生きている限り、古沢宗彦の妻でいるわ。協議離婚には、絶対に応じませんってことね。もちろん調停や本裁判に持ち込んでも勝ち目はないって、あなたにはわかっているんでしょ。ほかに好きな女ができたから離婚したいって申し立てても、法律はそれを許さない。協議離婚しか方法はないけど、それにはわたしが絶対に応じない」

「何もここで、そんな話を持ち出さなくてもいいじゃないか」

「何年たっても、わたしは気持ちを変えないわ。死ぬまでわたしは、古沢宗彦の妻佐知子でいるつもりよ」

「だったら、それでいいじゃないか」

「それでいいじゃないかって、あなたはいまのままでいても大丈夫なの」

「え……？」

「あなたは愛する大野木ユキさんと、結婚しなければならないんでしょ」

「それは……」

「あなたは毎日のように、大野木ユキから責め立てられているんじゃなかったの。一日も早く離婚してくれって……」

「……」

「あの人から聞いた話だけど、あなたは大野木ユキのご両親とも会ったんだそうね。そして、彼女の両親から娘とのことについては、結婚というかたちで責任をとってもらいたいって、厳しくやられたそうじゃないの」

「……」

「大野木ユキのお父さんのお兄さん、つまり彼女の伯父さんって、あなたの会社の常務取締役なんですってね」

「いろいろなことを、いったい誰がきみの耳に入れたんだ」

「先方の注文どおり結婚というかたちで責任をとらなかったら、あなたには会社の常務からの大変な圧力がかかるわけね。社会人としての良識に欠けているし、無責任で悪い男だということにされて、あなたは会社にいられなくなるんじゃないかしら」

「多分……」

「あなたは十年も勤めた一流企業の社員ではなくなって、悪い意味での人生の大転換を余儀なくされる。それを避けるには、どうしても大野木ユキと結婚しなければならない。そうでしょ」

「………」

「そのうえ重大な問題というのは、大野木ユキが妊娠しているってこと。彼女は妊娠に気づくと、どうしても生むと言って中絶を拒みとおしたんだそうね。いま、何ヵ月になるのかしら」

「五ヵ月……」

「だったら当然、焦っているでしょうね。出産前には、何としてでも結婚しなければならないんだもの。彼女の両親だって、あなたに結婚を強く迫るのは、そのことがあるからなんでしょ」

「だろうね」

「それで毎日のように、早く離婚しろと急《せ》き立てられる。彼女は、妊娠五ヵ月。会社をやめるって羽目には追い込まれたくない。あなたはもう、絶体絶命じゃないの」

「………」

「お金で、解決がつくという相手じゃない。銀行の実力者のお嬢さんで、そのうえ処女だったんでしょ。そういう彼女を妊娠させたのが、あなたにとって運の尽きだったんだわ」

「運の尽きか」

「でも、逆な見方をすれば、あなたは素晴らしいチャンスをつかんだってことになるのね。大野木ユキって二十三で、大した美人なんだそうね。あなたはその若くて美しい彼女と結婚したうえに、勤め先の常務さんと縁続きの人間になれるんだわ。しかも、彼女のお父さんは銀行界の大物で、家も大金持ちなんでしょ」

「うん」

「あなたは出世コースに乗れるし、将来は大企業の重役になるってことも、決して夢じゃなくなるわ。あなたには、バラ色の人生になるってわけよ」

「………」

「あなたは、地獄と極楽の分れめにいるんだわ。いまのままなら地獄へ行くし、わたしと離婚すれば極楽へ行けるのよ。あなたは当然、極楽へ行こうとして努力するわね。ところが、わたしがあなたの妻でいる限り、どうすることもできない。まさか、重婚ってそんなことが、できるはずはないでしょ」

「きみは、何が言いたいんだ」

「だから、いまのところあなたは、地獄へ行くほかはないってことなのよ」

「そうかね」

「わたしとの離婚は不可能で、大野木ユキとの結婚を可能にする。それには、たったひとつの場合しかない。わたしが、死ぬってことよ」

「確かに、論理的だ」

「でも、わたしが死ぬのを、気長に待ってはいられない。この二、三ヵ月以内というのが限度で、一日も早くわたしに死んでもらわなければならない。そうなると、わたしを殺すしかない」

「なるほど……」

「このところあなたが、わたしを殺したいと思い続けているのは、無理もないってことなのよ」

「しかし、人殺しってものは、そう簡単にできることじゃない」

「そうよ」

「たとえ殺したいと思っても、それを実行に移せないのが人間のほとんどなんだ」

「でも、地獄か極楽かというところまで追いつめられたら、普通の人間だって人を殺すことになるわ」

「ぼくは正直に言って、完全に追いつめられている。明日のことを考えるたびに、頭がおかしくなりそうだ。ノイローゼにかかるのは、ぼくのほうだろうよ。でも、だからって人を殺せるほどの勇気は、ぼくにはないってことになる」

「そうかしら」

「そうだ」

「でも、あなたの性格って、いざとなると思いきったことができるというタイプよ」

「そうかもしれない。だけど、いくら開き直って大胆になろうと、人を殺すってことだけは……」

「恐ろしい？」

「うん」

「どっちが、恐ろしいのかな」

「どっちとは……？」

「人を殺す行為そのものが恐ろしいのか、それとも発覚して逮捕されることが恐ろしいのか」

「両方だろう」

「でも、人を殺す行為への恐怖感は、誤魔化すことが可能でしょ」

「何かの力を、借りてかい」

「そう。たとえばアルコール。酔っぱらえば恐怖感も薄れるでしょ」

「まあね」

「問題は、死刑になることへの恐怖感なのね」

「死刑になるほうが、まだ楽なんじゃないのかな」

「じゃあ、刑務所へはいることのほうが、恐ろしいの」

「ぼくは懲役ということで、刑務所暮らしを送るほうが恐ろしいね。灰色の人生、禁欲の世界、そこで何年も何十年も過ごすというのは、インテリにとって最高の恐怖ってことになる」

「何年間か後に出所したとしても、もう楽しい人生は望めない。まともな生き方を、誰もが許してくれない。出所してからも、灰色の人生に変わりはない」

「そうだ」

「あなたがわたしを殺しても、死刑にはならないのかしら」

「まず、死刑にはならないよ。強盗、強姦、放火プラス殺人、あるいは何人も殺している場合には、死刑になるかもしれない。殺人の動機にしても、人間の気持ちってものが絡んでいると、死刑になる可能性は非常に薄くなる」

「そうなの。でも、いまのままの状態が続いていて、あなたはいったいどういうことになるのかしら」

「わからない」

「結論を出さずにすむってことじゃないし、何とかしなければならないんでしょ」

「逃げることも、背を向けることもできないね」

「どうするのよ」

「ぼくにも、どうしていいのかわからないんだ」

「どうしていいかわからないで、すませられないんでしょ」

「だから毎日が針のムシロだし、十キロも痩《や》せたくらい苦悩を続けているんじゃないか」

「結論は、決まっているのよね。あなたはどんなことをしても、彼女と結婚しなければならないんだって……」

「きみが離婚に応じてくれたら、すべてが解決するんだけど……」

「駄目。絶対に、離婚だけは承知しないわ。自由になりたかったら、わたしを殺すことね。それしかないわ」

「………」

「わたしにしても、あなたに殺されたほうが、さっぱりするかもしれないわね」

「もう、行こう。こんなところでいつまでも、そうした話を続けていても仕方がないだろう」

「すべてが、空しいわ。銀座に夕闇が訪れて、きらびやかに明かりがともる。師走、年の瀬、交差点、雑踏、メリー・クリスマス……。何もかも、空しい」

「とにかく、ここを出よう」

「ここを出て、どうするの」

「どうしたら、いいんだい」

「わたしには、わからない」

「だったら、家に帰るんだな」

「かつての愛の巣、いまは空気まで冷えきっている建て売り住宅か」

「さあ、行こうよ」

「でも、わたしたちって変な夫婦ね。銀座へ来て喫茶店にはいって、夫の愛人問題について話し合って、離婚には応じないいって妻は頑強で、それでいて大きな声を出すほど興奮もしないで、妙に冷めていて、ただ空しくって……」

「もう完全に、銀座の夜景になってしまったな」

「ねえ」

「何だい」

「思いきって、やったらどうなの」

「何をだ」

「わたしを、殺すのよ」

ベッドの上で

「いま、何時かしら」

「十一時八分だ」

「もう、そんな時間なの。それにしては、眠くないわね」

「うん」

「寒いわ」

「風呂から、上がったばかりじゃないか」

「この家、小さいし、部屋もせまいのに、どうしてこう寒いのかしら」

「安物の建て売りは、五年もすると風通しがよくなるんだろ」

「特に、この寝室は寒いみたい」

「ストーブ、真っ赤になっているよ」

「無理してこの家を買っての新婚時代には、こんなに寒くなんかなかったわ。やっぱり、住んでいる人間の心が冷えきっていると、寝室までが寒くなるのかな」

「でも、ベッドの上は、気持ちがいい。ダブルのベッドを使っていた頃は、すぐに温かくなりすぎたからね。寒さを感じながら、ベッドの中にいるのは、気持ちがいいもんだよ」

「ツインのベッドに、変えておいてよかったわ」

「どうして……」

「だって、いまのわたしたちって、ダブルのベッドで一緒に寝られるような夫婦じゃないでしょ」

「そういう意味か」

「ツインのベッドだからこそ、こうしてひとつの寝室で眠れるんじゃないの」

「普通だったら、寝室も別にしているだろうね」

「そうね」

「いや、別居しているかな」

「別居は、離婚を前提としている場合でしょ。わたしは何が何でも離婚を認めないんだから、もちろん別居なんて考えてもいない。それに、寝室を別にするなんて、形式的なことでは無意味でしょ」

「この家にはほかには、寝室として使える部屋もないしね」

「それから、わたしはあなたの妻のつもりでいるんだから当然、同じ寝室を使うべきでしょ」

「ただ、ツインのベッドで、互いに触れ合うこともないだけか」

「もう、どのくらいになるかな」

「何がだい」

「夫婦のあいだに、セックスがなくなってからよ」

「二ヵ月……」

「違うわ。大野木ユキの存在にわたしが気づいたときから、そうなったんですものね。三ヵ月よ」

「そうかね」

「今日は、クリスマス。昨夜は、クリスマス・イブ。そんなもの、この家には関係なしだわね」

「子どもがいなければ、どこの家庭にしてもそうだろう」

「子どもか」

「うん」

「でも、皮肉ねえ」

「何が？」

「結婚して四年、まったくコントロールもしなかったのに、わたしはついに一度も妊娠しない。ところが、大野木ユキは簡単に妊娠してしまった」

「それが、皮肉な現象だというのか」

「そうは、思わない？」

「きみの女性機能に欠陥があるってことが、立証されただけの話じゃないか」

「わたし、石女《うまずめ》かしら。むかしだったら、子どもができないというだけで、離婚されたんですものね。そう思うと、あなたがちょっと気の毒みたいだわ」

「七去か」

「シチキョって、何のことなの」

「七つの去るって書いて、七去なんだけどね」

「どういう意味よ」

「むかしの法律で、定められた七つの理由に当てはまる場合は、夫が妻と離婚することを許されたのさ」

「その七つの理由って、どんなことなの」

「現代の奥さんだったら、百パーセント七つのうちのどれかに抵触するな。つまり、全員が離婚ってことになる」

「七つの理由を、教えて欲しいわ」

「第一に、舅《しゆうと》や姑《しゆうとめ》を大事にしない妻だ」

「いまだったら、ほとんどの妻が該当するわね」

「第二に、妊娠しない妻だよ」

「わたしだわ」
「第三に、手癖の悪い妻」
「それはまあ、仕方がないでしょうね」
「第四に、不貞を働いた妻だ」
「それも、当然だわね」
「第五に、病気持ちの妻」
「病気によっては、納得できないこともないけど……」
「第六に、お喋りの妻」
「ほとんどの女性が、お喋りってことになるんじゃないの」
「第七に、嫉妬《しっと》深い妻だ」
「すべての妻が、該当することだわ」
「以上が、七去だよ」
「現代に女として生まれて、よかったって言いたいわね」
「男は逆だ」
「ねえ、大野木ユキから何か言って来ているの」
「毎日、電話がかかってくる」
「それで、何だっていうの」

「離婚を急いでくれって、それだけだよ」

「そう言われて、あなたはいつもどう答えるの」

「それは……」

「努力している、離婚の話し合いが進展しつつある、間違いなく離婚するからもう少し待ってくれ。あなたは、こんなふうに言うんでしょ」

「まあ……」

「そうなのね」

「うん」

「ほかに、言い方がないもの」

「昨日の電話では、年内に離婚をはっきりさせてくれって言われたよ」

「あと、一週間しかないじゃないの」

「今日は、彼女のお父さんから電話があった」

「お父さんから……」

「最後通牒だよ」

「どんな通告だったの」

「年内に離婚問題の決着がつかないようなら、兄にこの事実を打ち明けるって言われてね」

「兄ってつまり……」

「うちの社の常務さ」

「脅しをかけて来たのね」

「本気だよ」

「万事休す、あなたはいよいよ絶体絶命だわ」

「絶望的な状態が、訪れたってことになる。眠れないのは、当たり前だよ」

「わたしは、お役に立てないわ」

「そうか」

「絶対に、離婚には応じません」

「きみは愛してもいない亭主と、どうして夫婦でいたいんだ」

「わたしが、あなたを愛していないって、どうして言いきれるの」

「きみは、ぼくが苦しむだけ苦しんだあげくに、破滅することを望んでいるんだろう。愛している男に対して、女がすることじゃないはずだ」

「なるほどね」

「きみは、ぼくのことを憎んでいる。だからこそ、離婚に応じないんだ。進退極まって、疲れ果てたぼくが自殺でもしたら、いちばん喜ぶのはきみじゃないのかな」

「あなたは、自殺なんてしないわ」

「断言できるのかい」

「ええ、あなたはそんなにお人よしでも、弱い人間でもないわ。それに、あなたは大野木ユキを愛しているもの。愛する彼女や、そのお腹の中の子どもや、今後のバラ色の人生を捨てて、自殺する男なんていないわよ」

「そうかな」

「あなたは大野木ユキを愛している。あなたの心は、彼女との結婚へと走っている。わたしには、それが許せない。あなたと大野木ユキの結婚だけは、意地でも実現させないわよ」

「意地か」

「何度も言うようだけど、あなたが大野木ユキとの結婚を実現させるには、たったひとつの方法しかないんだわ」

「きみを、殺すのか」

「ええ」

「確かに、ほかに手がないってことは、よくわかったよ」

「そうでしょ」

「しかし、いまきみが殺されたら、真っ先に疑われるのはこのぼくだ」

「間違いないわね」

「それを承知で、どうして人殺しができるかい」

「完全犯罪は、不可能なの」

「あり得ないことはないだろうが、非常に困難だと思うよ」

「どうしても、わたしを殺すことはできないの」

「うん」

「わたし、あなたにだったら、殺されてもいいわ。そのほうが空しさからも解放されるだろうし、無に帰したあとあなたと大野木ユキがどうなったって、知ったことじゃないものね」

「きみを殺すんだったら、ぼくも一緒に死ぬよ」

「あなたが、わたしと一緒に死ぬなんて、まさか……」

「きみは、ぼくが自殺するはずはないと、断言した。しかし、それはあまりにも、一方的な判断だ。毎日が地獄の責め苦だし、ニッチもサッチもいかなくなっている。神経を消耗しきっているし、精神的にも完全に参っているんだ。疲れ果てて、何もかもが面倒臭い。生きている限り、この責め苦から逃れられない。自分が消えてしまうのが、いちばん楽なんじゃないかって、そう思うようになる。自殺を考えるんだ」

「だったら、ひとりでも死ねるはずよ」

「ところが、そうはいかない。ひとりで死ぬとなると、なかなか踏んぎりがつかない。

それに、きみが生きているんでは、ぼくだけの敗北ってことになる。きみか彼女のどちらかを道連れにしなければ、ぼくだけが損をするような気がしてね」

「じゃあ、わたしが承知したら、あなたはほんとうに死ねるのね」

「死ぬよ」

「心中か」

「それぞれ、遺書を残して心中するんだ」

「どうして、遺書が必要なの。どうせ死ぬんだったら、この世に何かを言い残したって仕方がないじゃないの」

「いや、やっぱりなぜ死ぬかをはっきりさせておかないと、後味が悪いような気がするな」

「じゃあ、いいわ。遺書でも何でも、書きましょう。事実をそのとおり書いて、三角関係を清算するために夫婦で心中するって結論を記しておけばいいんでしょ」

「そうだ」

「だったら、そうしましょう。わたしだって自分だけ殺されるよりも、あなたと心中したほうがいいもの」

「ほんとうに、決心したんだね」

「ええ。わたし一カ月前からもう、生きていたくなくなっていたんですもの。いつで

「も、死ねるわ」

「よし、決定だ」

「いつ、決行するの」

「いろいろなことの整理のために、四、五日は必要だろう。十二月二十九日あたりは、どうだろう」

「結構よ」

「会社は休みになっているし、どこへでも行ける」

「死に場所は、遠くにするのね」

「この家の中で、というわけにはいかないだろう」

「そうねえ。人気《ひとけ》がなくて、ロマンチックな場所がいいわ」

「群馬県の榛名《はるな》山なんて、どうだろうね。湖の近くで……」

「榛名湖ね」

「うん」

「素敵ね」

「これで、すべて決まった」

「何だか、さっぱりしたみたい」

「佐知子」

「え……?」

「佐知子……」

「何をするのよ」

「なぜだか、わからない。急に欲しくなったんだ」

「いや、いやよ。自分のベッドに、戻ってちょうだい」

「いいじゃないか」

「いや、触らないで」

「佐知子……」

「あっ」

「熱い」

「あなた、どうして可能になれるの。あなたが愛しているのは、大野木ユキのはずよ。それとも、彼女だと思ってわたしを抱くつもりなの」

「理屈なんかないよ。可能になっちゃったんだから……」

「わかったわ。あなた、わたしとのセックスも失ってしまったし、妊娠五ヵ月の大野木ユキを抱くチャンスもないのね。それで溜まったものを排泄する、欲望の処理をしたいんでしょ」

「そんなこと、どうでもいいじゃないか」

「いや、駄目よ」

「駄目じゃない」

「わたしが女だから、そうしたいのね。女であれば、誰でもいいんでしょう」

「さあ、早く……」

「駄目、やめて」

「佐知子」

「ああ、いやん。駄目よ、やめて、いや、お願い」

「放さないぞ」

「そこ、触らないで」

「じゃあ、こうしちゃう」

「ああ！」

「佐知子」

「ああ、あなた」

「女って、不思議だよ。真剣になって拒みながら、身体のほうはちゃんと歓迎の準備を整えているんだからな」

「わたしにも、わからない」

「爪を立てないでくれよ」

「もっと早く、強く……」

「このくらい？」

「ああ、素敵よ。素敵……」

「どうだ」

「あなた、ああ……。もっと、続けて。とめないで」

「素敵だ」

「女って霧みたいに、つかみどころがなくて、はっきりしないで、何かを隠していて、よくわからなくて、それでいてちゃんとした実体があるものなのね。ああ、あなた、あなた……」

霧の中で

「十二月二十九日、午後二時三十五分に到着だ」

「東京から、何時間かかったの」

「出発したのは、何時だったっけな」

「午前十一時だったわ」

「じゃあ、三時間半かかったわけだ」

「早かったのね」

「それにしても、ものすごい霧だな」

「ほんとうね。冬の午後に、こんな霧がかかるものなのかしら」

「いずれにしたって、珍しいよ」

「霧じゃなくて、雲の中にいるんじゃないの」

「いや、霧だよ。まるで、ドライ・アイスのスモークみたいだ」

「何も、見えないわ。榛名湖は、どっちにあるの」

「左の方角だよ」

「まだ、かなり先なんでしょ」

「そうだと思う」

「榛名湖へ向かっている広い道から、北へ二百メートルぐらいはいったところなんでしょう。ここは……」

「うん」

「林の中で、行きどまりになっているのね。霧の中に黒々と見えているものは、樹木じゃないの」

「そうだろう」

「無人の世界……」

「人はいないし、あたりにあるのは霧だけだ。年の暮れなんて感じは、まったくしないじゃないか」

「多くの人間が住んでいるから、年の暮れだとかお正月だとかの雰囲気があるんだわ。そういう意味では、ここは別世界よ」

「明後日は、大晦日《おおみそか》か」

「三日後は、新年の正月元旦……」

「気持ち、変わらないね」

「もちろんよ」

「じゃあ、やろうか」

「ええ。死ぬ方法は、どうやるの」

「毒物は、簡単に手にはいらないし、刃物では血まみれになって失敗に終わるという恐れがある」

「車の中へ、排気ガスを導入するというのは……？」

「ホースといったものを、用意してこなかったからな」

「だったら、どうするの」

「二人で一緒に死ぬとなると、縊死《いし》という方法しかないだろう」

「首を吊るのね」

「周囲は林だし、適当な木の枝を捜すのも簡単だと思うよ」

「二人で並んで、首を吊って死ぬのね」

「いやかい」

「いいえ、死にざまがどんなだろうと、わたしそんなことに関心ないもの」

「一応、ロープは用意して来てある」

「じゃあ、それに決めましょう」

「車から出ると、凍りつきそうに寒いぞ」

「そうみたいね」

「霧で何も見えないけど、榛名湖の近くにいるというだけで、気持ちが落ち着くんじゃないかい」

「そりゃあ、わたしたちにとって思い出の場所ですもの」

「やっぱり、五年前だな」

「そう」

「二人で初めて旅行したとき、この榛名湖へ来た」

「あのとき、父や母にどういう口実で外泊しようかって、ずいぶん苦労したわ。結局、お友だちのお母さまが、亡くなったということにして……」

「その友だちの郷里が、群馬県の伊香保《いかほ》だってことにしたんだろう」

「そうなの。伊香保温泉の旅館の娘だってことにして、そのお友だちと一緒に伊香保へ行くからって……。お通夜もあるし、距離的にも日帰りは無理だって、わたし必死になって説明したのよ」

「自分がこんなに嘘がうまい人間だったとは思わなかったって、きみが言っていたのを覚えているよ」

「それに、父や母がわたしの嘘をあっさり信じてくれて、だったら行って来なさいって言われたもんで、わたしのほうが拍子抜けしちゃってね」

「そんなもんだよ」

「でも、生まれて初めての外泊許可だったんですもの。そのときはヒヤヒヤだったけど、いまになって思うと楽しい嘘って感じだわね」

「帰りにはちゃんと伊香保に寄って、おみやげに名物をいくつも買ったっけ」

「恋をしていると、若い娘でも大胆になるものね」

「一泊しかできないんだから、あのときは時間が貴重だった」

「湖畔のホテルへはいってから、翌日になってそこを出るまで、ちょっとの間だって離れなかったわね。そして、わたしのバージンを、あなたに上げて……」

「きみはあの晩、一睡もしなかったんじゃないか」

「当然よ」

「ぼくだって朝になってから、一時間ぐらいウトウトしただけだった。あとはもうずっと抱き合っていて、ぼくはきみのことを愛撫し続けた」

「そうねえ。肉体的な苦痛はあっても、愛し合うのがこんなにもしあわせなことだったのかって、わたし感激して泣き出してしまったんですものね」

「うん」

「いまから考えると、可愛い自分だったんだなあって、しみじみ思うわ。こんなことになるとは、想像もできなかったあの頃……。素晴らしかったわ」

「しかし、こうして二人の思い出の地へ来て、一緒に死ぬんだからいいじゃないか」

「そのこと、遺書に書いておいたわ」

「読んだよ」

「そう」

「さあ、そろそろ車から出て、準備しなくちゃあ」

「準備って、何をするの」

「適当な木を、捜すんだよ」

「まだ、いいじゃないの」

「しかし……」

「何もそう、急ぐことはないでしょ。それとも、急がなければならない理由でもあるのかしら」

「いや、別に……」

「そんな木の枝なんか、捜す必要はないんじゃないの」

「え……？」

「そうでしょ」

「何を言い出すんだ。適当な場所を、捜さなければならないだろう」

「適当な場所ね」

「決まっているじゃないか」

「この車の中だって、いいじゃないの」

「車の中で、首は吊れないよ」

「ロープを、用意して来ているんでしょ。そのロープでわたしの首をしめて、わたしを殺せばいいのよ」

「そのあとで、ぼくひとりで首を吊れというのか」

「わたしを殺したあと、あなたが死ぬはずないでしょ」

「それじゃ、心中にならない」

「二人で並んで首を吊ったとしても、結果的には同じことになるんじゃないの」

「それは、どういう意味だ」

「首を吊って死ぬのは、わたしひとりだけでね。あなたは木の枝が折れたとか、ロープが切れたとかいうことにして、死なずにいるってわけなんでしょ」

「何を、馬鹿なことを……」

「あなたの魂胆は、よくわかっているのよ。あなたがわたしと心中したいって、言い出したときからね。それに、あなたが急にわたしの身体を求めたってことが、裏付けになったんだわ」

「そうかい」

「あれはセックスによって甘い気持ちにさせて、わたしが素直に心中するという気になることを、あなたは狙ったんでしょ」

「いまになって、おかしなイチャモンをつけることはないだろう」

「あなたは、完全犯罪を思いついたのよ。何から何まで、警察の疑惑を招かないようにするという完全犯罪は、まず不可能ね。でも、納得がいくような筋書を作って、実刑を免れるという完全犯罪なら可能だわ」

「よく、わからないな」

「じゃあ、あなたが作った筋書というのを、わたしが代わって説明するわ。二人の思い出の地で心中すると、わたしを心からその気にさせる。二人は、並んで首を吊ることになる。わたしは、完全に縊死を遂げる。でも、あなたは首に傷をつける程度にして、首吊りを中止するのよ。そのあと、あなたは地元の警察に保護を求める。正直に詳しい事情を説明をして、妻だけ死なせてしまって自分は木の枝が折れたとか、ロープが切れたとかで未遂に終わってしまったと供述する」

「なるほど……」

「警察が調べたところ、あなたの供述はすべて裏付けられる。わたしは間違いなく、縊死を遂げている。首吊りに見せかけた他殺、ということにはならない。それから、折れた木の枝とか切れたロープとかが発見される。確かに二人にとっての思い出の場所だし、わたしが書いた遺書が決定的にいっさいを立証している。この結果、あなたの供述どおり一方だけが自殺に失敗しての、心中未遂だという断定が下される」

「しかし、ぼくは自殺幇助《ほうじょ》罪で、逮捕されることになる」

「でも、あなたが手を下してわたしを殺したあと、死ぬ気を失って保護を求めたという心中未遂とは違うから、殺人罪に問われる心配はまったくないわ。二人がそれぞれみずからの手で自殺を図って、片方だけが失敗したという心中未遂の場合、自殺幇助罪で逮捕されても起訴される例はゼロに等しいんだそうよ。つまり、起訴も裁判も実刑もなく、あなたは間もなく自由な身になれるってわけだわ。わたしはこの世にいないし、あなたは独身になることができるのよ。大野木ユキとの結婚も、可能になるじゃないの」

「冗談じゃない。きみと心中しようとして失敗した男を、ユキや彼女の両親が受け入れるはずはないだろう」

「いいえ、そんなことはないわ。あなたはわたしを愛していて、心中を図ったわけじゃないのよ。あなたは離婚が困難となり、大野木ユキとのことで責任をとるために、死を覚悟したってわけなんでしょ。あなたの遺書にも、そう書いてあるじゃないの」

「ぼくの遺書を、読んだのか」

「あなただって、わたしの遺書を読んだでしょ」

「まあ、いいだろう」

「あなたの遺書を、大野木ユキと両親に見せればいいのよ。そこまで苦悩していたのか、死のうとするくらいに責任を感じてくれていたのか、心の底から大野木ユキを愛していたためだと、みんなは胸を打たれたり感動したりだわ」

「読みが深いな」

「わたしの判断に、間違いはないでしょ」

「まあね。だけど、ひとつだけ言っておきたいことがある」

「どうぞ」

「ぼくをその気にさせたのは、きみだったんだぞ」

「そうなの」

「わたしを殺すしか救われる道はない、わたしを殺せばいいんだわ、わたしはあなたにだったら殺されてもいい。そのように繰り返しきみから言われ、強調されているうちに、ぼくの気持ちも決まってしまったんだ」

「恐ろしい顔をして……」

「そんなに、見つめるな」

「いまのあなたって、恐ろしい目つきをしているわ。とても恐ろしい目つきで、殺意が感じられてよ」

「おれは、これからどうすべきかってことを、考えているだけだ」

「そんなこと、考える必要はないでしょ。予定どおり、わたしをこの世から抹殺すればいいのよ」

「しかし、何もかも承知のうえで、きみが首を吊るはずはないじゃないか」

「自殺は、いやよ。あなたに、殺されるんならいいけど……」

「………」

「それとも、いまから東京へ帰る？　すべてが、これまでどおりに戻るってことになるけどね。それに、あなたはわたしを騙《だま》して殺そうとした人だってことが、はっきりしてしまったとなると……」

「よし、そこまで言うんなら、きみを殺してやる」

「そうね。そうするほかは、ないんじゃないかしら」

「もう、わかった」

「ロープがあるんでしょ。それで、わたしの首をしめればいいわ」

「もちろん、そうするさ」

「あ、痛い」

「佐知子、覚悟はいいだろうな」

「そんな二重、三重に巻きつけなくたって……。痛い！　苦しい！」

「一気に、やってやる。ちょっとのあいだの辛抱だ」

「ああ、助けてえ！」

「どうして急に、そんな大きい声を出すんだ」

「助けてえ！　人殺しい！　誰か来て！　殺される！」

「そうは、いくもんか。さあ、死ね！」

「早く、助けてえ！」

「人がいないよ」

「見て！　四人も車の中を、のぞき込んでいるじゃないの！」

「何だって……」

「ほら、私服の刑事二人と制服警官が二人、窓ガラスを叩いているじゃないの！」

「あっ！」

「よかった。東京の警察でこういうわけで殺されるかもしれないって事情を打ち明けたら、警視庁から群馬県警を通じて地元の警察に監視を頼んでおくって言ってくれたけど、ほんとうにそうしてくれるのかどうかって、気が気じゃなかったわ。間に合わなかったら、完全に殺されちゃうところだったもの。それにしても計画どおり、何もかもうまくいったものだわ。手錠をかけられたときの古沢の顔ったら……。そうだ、この二通の遺書を、早く灰にしないとね。遺書さえなければ、彼の弁解は通用しない。殺人未遂の現行犯で逮捕された古沢は、何年かを刑務所で過ごすことになる。もう大野木ユキとも結婚できないし、彼女のお腹の中の子の父親は犯罪者ってことになるんだわ。深い霧ねえ。女って霧みたいなものだって、わたしが言ったのかしら」

父子《おやこ》の対話

1

「お父さん、久しぶりですね」

「何がだ」

「こうしてのんびりと、言葉を交わす時間を持ったことがですよ」

「わしのほうは、いつも暇がありすぎて、困っているんだがな」

「それは隠居の身として、当然のことでしょう」

「お前のほうは、相変わらず忙しいらしいな」

「おかげさまで……」

「売れっ子弁護士だからな。いや、売れっ子弁護士というだけじゃない。お前の場合は、有名人でもあるんだ。神保洋太郎という名前も顔も、テレビの法律相談で世間に知れ渡ってしまっている」

「タレント弁護士だなんて、悪口を言っている連中も、少なくありません」

「それは、ジェラシーというものだろう。ただのタレント弁護士というのではなく、お前には法廷での実績もある。お前は過去に三度も、有名事件の弁護人となって法廷に立ち、いずれも無罪判決に持ち込んでいる」

「それらは確かに、ぼくにとって輝かしい経歴ということになるかもしれません。しかし、運というものも、ありますからね。ぼくの能力と努力に、幸運が味方してくれたんですよ」

「お前は才人だし、少年時代から完璧主義を貫き通して来た男だ。そして、幸運児でもある」

「まあ、今日まで大抵のことは、ぼくの思いどおりになって来ましたからね」

「若手の弁護士の中では、群を抜いているだろう。三十代の半ばにして、有名弁護士となり、神保法律事務所を訪れる依頼人があとを絶たない。刑事の弁護士として、多くの人々の相談を受け、事務所がいつもごった返しているという例は、珍しいんじゃないだろうかね」

「そんなことはないですよ」

「お前は有能な若い法律家たちを、助手として使っている。お前に対する世間の信頼は、厚くなる一方じゃないか」

「だからこそ、日常生活にも普通の人の何倍も、気遣《きづか》わなければならないんですよ。存在が目立つ人間には、ちょっとした失敗も許されないんです」

「自動車事故なんかにも、細心の注意を払わなければならない」

「万が一、ぼくが人身事故でも起こそうものなら、弁護はいっさい通用しない。世間はぼくを、厳しく罰するでしょう。弁護士としても、再起不能になるかもしれません」

「所属弁護士会が、懲戒を決めるということかい」

「たとえ、ぼくのほうに決定的な責任がない人身事故であっても、マスコミに大きく扱われて世間が注目することになれば、弁護士会も知らん顔はしていられないでしょう。懲罰委員会が、処分を下します」

「処分の理由は、どういうことになるんだね」

「法律違反、会則違反、それに品位を失うような非行ということになるかもしれません。懲戒処分には戒告、二年以内の業務停止、退去命令、除名の四種類がありますけど、戒告以外の処分を受けたら、もう致命的ということになります」

「処分が不服だったら……？」

「日本弁護士連合会に、審査請求をします。それでも駄目なときは、東京高裁に出訴できる。しかし、いったん処分のレッテルを貼られたら、もう栄光の人生とは縁がなくなります」

「まあ、せいぜい気をつけることだな」

「大丈夫ですよ。これでも日々、慎重に生きているつもりですからね」

「何しろ幸運児だから、失敗はないと思うがね」

「何事も、努力プラス幸運ですよ」

「私生活においても、お前は恵まれている。美人で人間的にもよくできた妻がいて、二人の子どもは可愛くて健康だ。こうして眺めのいい高台にある立派な邸宅に住み、何ひとつ不満もない生活をしていられるんだからな」

「神に感謝しています」

「あとはわしが、早々にこの世から消えることだ」

「それは、どういう意味ですか」

「わしも、もう七十だ。嫌われないうちに、死にたいよ。母さんと長女が死んで、もう三十二年になる。三十二年もあの世で待っている母さんたちが、気の毒に思えてならないんだ」

「もう、三十二年にもなりますか」

「お前はあのとき、まだ三歳だった」

「生きていれば、おふくろは六十三、姉さんは三十八になっているんですね」

「思えば、若くして死んだものだ。母さんもまだ三十一だったたし、長女は小学校にはいったばかりさ」

「焼死ですね」

「無残だった。二人とも、真っ黒焦げになっていた。そのことが、わしの生涯の十字架になったんだよ」

「お父さんの過失による失火だったんでしょう」

「空襲では焼けなかったのに、終戦後になってから自家火を出して全焼する。戦争中は何とか生きのびて来た妻と娘を、焼き殺してしまった。皮肉な悲劇だよ」

「終戦の翌々年……」

「神保商店も、事業を再開していた。工場もフル回転で、神保商店が大変な上昇気運にあったときだ」

「確か、生糸商でしたね」

「あの頃は、絹のストッキングというのが、空前の人気を呼んでいた。それで、神保商店の工場で生産すればするだけ、飛ぶように売れていったのさ」

「絹のストッキングがね」

「アメリカ兵などは大量に買い込んで、国へ持ち帰ったそうだ」

「お父さん、質問してもいいですか」

「うん」

「三十二年前のことですが、お父さんが思い出したくないというのであれば、質問は差し控えます」

「もちろん、思い出したい話じゃない」

「だったら、やめますよ」

「いや、かまわんよ。こういう父子《おやこ》の対話は、滅多にないことだ。この際、質問されたことには、はっきり答えよう」

「父子の対話ですか」

「一時、流行した言葉だろう」

「あれは発言の反響を恐れる文化人たちが、逃げるための言葉として使い出したんですよ。迎合用語でしょう」

「自分たちが子どものとき、父親との対話があったかどうか、文化人たちの年齢を考えれば、答えは簡単に出る。むかしの父親は、とにかく恐ろしいものだった。対話どころか、どうしたら父親の目につかずにすむかと、そんな工夫ばかりしていた」

「父子の対話があろうと駄目なものは駄目、父子の対話なんてなくても、まともな人間はまともな生き方をします」

「その証拠が、お前ということになる。ついぞ父子の対話なんてなかったけど、お前は一人前以上の人間に成長した」

「ぼくには、はっきりした記憶がないんですけど、自家火を出した直後に、ぼくは叔父さんのところに預けられたんですか」

「家が全焼した翌日に、お前を弟のところに預けた」

「それは、住むところがなかったからですか」

「もちろん、それもあった。しかし、それよりも大事だったのは、お前が受けるだろうショックを、何とか未然に防ぐことだ。ただ自家火を出した、ということじゃなかった。父親の過失によって、お前の母親と姉は焼け死んだ。そういう悲劇を心理的なショックとして、お前の記憶に刻み込みたくはなかったんだよ」

「そうだったんですか」

「お前が母親と姉が焼死したことを知らされたのは、中学生になってからだったはずだよ」

「高校一年のときです。叔父さんから、ほんとうのことを知らされました。ですけど、母親と姉が事故で死んだことは、それより何年も前から知っていたんで、特にショックは受けなかったな」

「そういう確信があったから、弟もお前に真実を打ち明けたんだろう」

「そこで質問なんですけど、いいですか」

「うん」

「どんな過失があって、火事になったんですか」

「夕食の支度に、とりかかる時間だった。母さんは煉炭に油の鍋をかけたまま、娘と二階へ上がっていた。娘が指に怪我《けが》をしたので、その手当てをするためだ。そのとき母さんは、鍋をおろしておいて下さいと、わしに言ったらしい。わしはほかのことを考えていて、うわの空で聞いていた。それに、台所には女中さんがいるじゃないか、という気持ちがわしにはあった」

「そのお手伝いさんは、台所にいなかったんですか」

「近くまで、買物にいっていたんだ。そうとは知らずに、わしはそのまま裏の工場へ足を向けてしまった。その間に過熱した油に、煉炭の火がはいったんだろうな」

「一瞬にして、燃え上がったんですね」

「若い女中さんにしても、お前を抱きかかえて、家の外へ飛び出すのがやっとだったと話していたよ」

「だったら、火事だということにも、すぐ気がついたんでしょう」

「工場にいた連中が、火事だと叫んだ。わしは、血相を変えて工場から家へ走った。従業員たちも全員が、消火に取りかかろうとした」

「だけど、手遅れだったんですね」

「あっという間に、家全体が火に包まれてしまったんだ」

「母や姉は二階の窓から、助けを求めようともしなかったんですか」

「声も聞こえなかった。それだけに焼死体を確認するまでは、母さんや娘が死んだとは信じられなかったよ」

「母たちも脱出できない、外から助けに飛び込むことも不可能だという状態だったんでしょう」

「火事だと気がつくと同時に、煙に巻かれ火に包まれたんだろうな」

「工場へも、すぐに飛び火したんですね」

「そうだった。わしたちはもう工場も諦めることにして、延焼を防ぐための消火に努めたんだ」

「消防車は、どうしたんです」

「いまのように火災警報とか注意報とかが出されるわけでもなし、消防署の機動力も頼りにはならない時代だったんだな。何台かの消防車が到着したときはもう、工場のほうも手のつけようがなかった。消防隊も延焼を食いとめることに、全力をそそいでいたようだった」

「でも、延焼は防げた」

「それが不幸中のさいわいでね」

「全焼したのは、わが家と工場だけですね。他人の生命財産には、被害が及ばなかったんでしょう」

「負傷者も、出なかった。死者は、母さんと娘の二人だけで……」

「だからこそ、重過失による失火とされずにすんだんですよ」

「それでも、警察での取調べは、かなり厳しかった。わしが出火の責任者として、警察へ呼ばれてね」

「二人も死亡しているんだから、それは当然でしょう。警察では過失致死の疑いがあるかどうかを、はっきり見極めなければなりませんからね」

「まあ、逮捕はされなかった。参考人としての取調べということで、終わってはくれたがね」

「鍋をおろしておいてくれというおふくろさんの意志伝達が、明確にされない限り、お父さんに過失責任は認められませんよ。そのおふくろさんが死亡していて、証言ができないんだから、犯罪を構成する要素にまるで欠けているわけです」

「その代わりに、世間の目が冷たかったよ。わしのことを、妻と娘を殺したみたいに言うんだからな」

「それで、お父さんは大阪へ逃げたんですね」

「いや、東京にいても、生活ができなかったからさ。全焼して、神保商店は倒産だ。残った土地にしても、債権者たちに押さえられてしまっている。神保商店は再起不能だし、東京にいても収入がない。それで、大阪で小さいながらも会社を経営している知り合いを、頼っていくことにした」

「単身、大阪へでしょう」

「お前は弟夫婦のところに預けたし、ただひとり大阪へ行き人生の再出発を試みたわけだ」

「要するに、大阪でサラリーマンになったんだ」

「三十八歳にして、初めてサラリーマンになった。それから六十五になるまでの二十七年間を、知人の会社の社員として過ごした」

「再婚もせずに……」

「当たり前だ。母さんや娘のことを思えば、再婚なんてもってのほかだ」

「二十七年間も、よく孤独な生活に耐えられましたね」

「お前に仕送りをすることと、一ヵ月に一度上京してお前に会うこと、この二つがわしの生き甲斐だった」

「しかし、ぼくが一人前になってからは、そんな張り合いもなくなったでしょう」

「孫たちの顔を見ること、それに老後の自分のために貯金をすることが、張り合いになったよ」

「なぜ、お父さんに貯金の必要が、あるんですか。隠居してこの家にいる限り、お金なんていらないでしょう」

「いや、何かのときに、お前に負担をかけたくないからな」

「ずいぶん、水臭いんだな」

「わしには、父親の資格がない。少しばかりの仕送りをしただけで、何ひとつ親らしいことをしてやれなかった。今日の神保洋太郎が存在するのは、育ての親である弟夫婦とお前自身の努力によるものだ。親の資格がないわしに、お前の家で隠居面《づら》していることができるだろうか」

「しかし、ほかにお父さんの子どもはいないんだし、ぼくにだってお父さんを扶養するくらいの経済力はある」

「わかっている」

「それとも、お父さんにはいまの生活が、不満なんですかね」

「とんでもない。わしは果報者だと、つくづく思っている」

「ほんとうですか」

「正直な話、五年前に東京のこの家で隠居生活をしたらと、お前から言われただろう」

「ええ」

「あのとき、わしはホッとして、全身の力が抜けてしまったよ」

「だったら、いまでもホッとした気持ちでいて下さいよ」

「うん」

「早く死にたいなんていうと、嫌みに受け取れますよ」

「結局、寂しいんだろうね。老人の甘えかもしれない」

「甘えることは、一向にかまいませんよ。いまの日本人は大部分が、甘ったれて生きているんですからね。お父さんも大威張りで、甘えたらどうです」

「今日は、楽しかった」

「父子の対話ですか」

「それも、老人の甘えかな」

「もしよかったら、もう少し父子の対話を続けますか」

「それには、及ばんよ。父子の対話も長くなると、喧嘩口論ってことになる恐れもあるしね」

「まさか……」

「それにお前だって、事務所へ行かなくちゃならないだろう」

「今日は、午後からでいいんです」

「もう、十一時だ」

「本音を言いますと、今日は事務所に顔を出したくないんですよ」

「それはまた、どういうわけなんだ」

「話し合いたくない相手が、事務所へくることになっているからです」

「弁護人の依頼かね」

「ええ」

「引き受けたくないのか」

「そうなんです」

「なぜだ」

「弁護のしようがないからですよ」

「殺人事件の犯人かな」

「強盗殺人事件の被疑者なんですが、証拠が揃っていましてね。それに、被疑者の態度が、お話にならないほど悪いんです。不真面目で、いいかげんで、反抗的で、反省も後悔もあったものじゃありません。情状酌量へ持ち込もうとしても、当人がそれをぶち壊してしまいますからね」

「若いのかな」

「二十四歳で、無職です」

「なるほど……」

「初犯だし逮捕歴もないから、何とかなりそうなんですがね。しかし、当人が死刑にしろと叫び続けて、暴れるんですよ。公判になってから、器物毀損《きそん》や法廷侮辱の罪に問われるに、決まっていますよ。無期懲役は逃れられないように、みずから仕向けている被告の弁護なんて、引き受ける気になれっこないでしょう」

「その若者は、どうしてそんなに荒《すさ》んでいるのかな。何か捨て鉢になっている理由が、あると思うんだがね」

「同棲している女がいましてね。その女が浮気をしたって、彼は思い込んでいるらしいんです」

「事実なのかな」

「女のほうは彼の誤解だと、きっぱり否定していますね」

「だったら、誤解だろう」

「しかし、彼は絶対に信じようとしないで、死刑になったら女を取り殺してやると、言っていますよ」

「それで、弁護の依頼にくるのは、誰なんだね」

「その彼女なんです」

「感心じゃないか」

「初めから終わりまで泣きながら、お願いしますの一点張りなんです。それで、参っちゃいましてね」

「断わるつもりかい」

「費用もかからないから、国選弁護人のほうがいいとすすめているんですが、耳を貸そうとしないんです」

「お前のファンなんだろう」

「神保先生が弁護を引き受けてくれたら、彼も無罪になるはずだと、真面目な顔で言うんですからね。まるで、宗教じゃないですか。笑うわけにも、いかないし……」

「殺人と強盗か」

「彼は泥酔して、警察に保護されたんです。ところが翌朝、説諭されているうちに彼は三年前の強盗殺人について、自供を始めたんだそうです」

「どうしてまた古い事件を、自供したりしたんだろう」

「彼女の顔も見たくない、どこか遠いところへ行ってしまいたい。しかし、職も収入もないから、刑務所という遠いところへ行くことにした。それが、自供する気にさせたんだそうです」

「純情な男じゃないか」

「警察で調べた結果、三年前の九月一日に発生した強盗殺人事件が、未解決のままになっているとわかりましてね。本庁の捜査一課が、裏付け捜査を始めたんです」

「なるほどね」

「久保田秋子という場末のバーのホステスが、アパートの自室で絞殺されたんです」

「それで、お金も強奪されたのかい」

「預金通帳、ハンコ、それに財布入りのバッグが奪われているとわかったんですよ」

「若い女の子だったのかな」

「三十五だと自称していたんですが、実は十二も年を誤魔化していましてね」

「すると、ほんとうの年は、四十七だったというわけか」

「ええ、三年前の時点で、四十七歳だったんですよ」

「被疑者の青年は、三年前で二十一歳ということになる」

「残念ながら心神喪失、心神耗弱も当てはまらないし、年齢の点でも逃げ道はありません。そのうえ物的証拠に目撃者まで、揃っているんですからね」

2

「洋太郎……」

「何ですか」

「時間だけど、ほんとうにかまわないのかね」

「まだ話し込んでいられる時間の余裕があるのか、という意味ですか」

「うん」

「大丈夫ですよ。お父さんも、妙な遠慮はしないで下さい」

「遠慮をしているわけじゃないがね」

「午後一時に昼飯を食べて、それから出かけるつもりです。だから、あと二時間は父子の対話を、続けていられますよ」

「忙しいお前にしては、珍しいことじゃないか」

「そうですね。年末年始を除いては、一年に一度あるかないかのことでしょう」

「年末年始にしても、お前がただ出かけずに家にいるというだけで、朝から晩まで客が押しかけてくる。それも儀礼的に訪れたり、遊びに来たりの客じゃない」

「事務所が休みなので、自宅へ仕事の話を持ち込んでくる。まあ、そういった年末年始ですけどね」

「この家に住むようになって五年間、わしは一度だってお前がのんびりしている姿を、見たことがないからな」

「その証拠というのが、今日の父子の対話でしょう。お父さんにこの家へ来てもらって五年になるのに、こうしてゆっくりと話し込むことができたのは、今日が初めてじゃないですか」

「うん。そうなると父子の対話が最初にして最後かもしれない」

「こういう機会は、作ろうとしてできるもんじゃありませんよ。だから今日はひとつ、たっぷりと父子の対話を楽しみましょう」

「あと、二時間か」

「まだ子どもたちも、学校から帰って来ませんしね。女房は庭へ出て、お隣りの奥さんと一緒に土いじりをしています。静かで、いいじゃありませんか」

「お隣りの奥さんと一緒に、土いじりをしているのかね」

「急に花壇を作ろうと、思い立ったらしいんです。それで、お隣りの奥さんの指導を仰いでいるんですよ」

「秋の花壇か」

「天気も、秋晴れですね」

「まったく、非の打ちどころがない秋晴れだ。この部屋からの眺めは、まるで絵に描いたようだろう」

「高台にある家からの眺めということで、舞台の書き割りみたいな景色ですね。実をいうと自分の家でありながら、この部屋の窓から外を眺めるのは、今日が初めてって感じですよ」

「そんなことだろうと思ったよ」

「今日はこの部屋からの眺めも、じっくり観賞することにしましょう」

「わしはこの景色を眺めていると、時の流れや時代の変化が、嘘のように思えてくる。戦前のよき時代が、そのまま続いているような気がするんだよ」

「戦前のよき時代には、こういう景色が随所に見られたんですか」

「郊外の私鉄沿線の高台の住宅地からは、こういう景色を眺めることができた。もちろんマンションとか、駅前ビルとかはなかったから、見た目に同じということにはならない。あくまで感じや雰囲気が、そっくりなんだがね」

「そうですか」

「緑が多くて、人々の平和な生活が感じられて、郷愁を覚えるような景色だ。それに、この秋晴れの空……」

「しかし、寂しいですね」

「秋がかい」

「ええ」

「寂しいが、味わいがある。春でもなく夏でもなく、秋の味わいを知らない者には人生もわからない」

「秋扇《しゅうせん》という言葉がありますね」

「秋の扇、つまり時節をはずれて不要になったもののたとえだろう」

「ええ」

「秋風索寞という表現もある」

「むかしの盛んな勢いが失われて、わびしく見えるという意味ですね」

「そうだ」

「やっぱり、寂しいですよ」

「人生には必ず、そういう時期が訪れる。いまのわしが、そうだろう」

「それにはそれなりに、人生の味わいがあるということなんですね」

「うん」

「ぼくにも、秋の味わいはわかります。だから、人生もわかっているということになりますよ」

「そうあって欲しいね」

「人生の機微に触れ、酸《す》いも甘いも噛《か》みわけなければ、法律家は務まりませんからね」

「そうだろうな。それだけに、さっきの洋太郎の言葉には、矛盾というものが感じられたよ」

「さっきの言葉とは、どういうことでしたかね」

「今日の午後、会うことになっている依頼人を、お前は敬遠していると言ったじゃないか」

「ああ、そのことですか」

「お前は、依頼を引き受けたくない。いや、断わりたいんだろう」

「そうですよ」

「その理由は、弁護の余地がない。弁護の見込みが、立たないからということだった」

「ええ」

「そのお前の言葉に、矛盾が感じられるんだよ」

「どうしてですかね」

「お前には人生の機微というものがわかっていて、酸いも甘いも嚙みわけられるんだろう。そのように人生がわかっている者には、人間としての幅があるはずだ」

「ぼくには、人間としての幅がないというんですか」

「少なくとも、その若者の裁判に対するお前の考え方には、人間としての幅が感じられないな」

「そうかな」

「民事なら、勝ち目のない裁判に、かかわりを持ちたくないというのは、わからなくもない。しかし、刑事事件の裁判の弁護人には、勝つも負けるもないはずだ」

「そんなことは、百も承知していますよ。しかし、被告人とのあいだに肉親同士のような信頼感が生まれ、一致協力して公判に臨んでこそ、弁護人の任務は達成されるというのが、ぼくの長年の信念なんです」

「それは、お前の立場を考えてのことだろう。弁護人はあくまで、被告を中心に考えて、任務を果たさなければならないんじゃないかね」

「弁護人という商売がら、形式的に依頼を引き受けるのは簡単です。形式的に公判に出廷して、形式的に弁護人としての役目を果たす。被告に死刑の判決があっても、一時間後には忘れてしまう。それでいいというのであれば、ぼくだっていつでも引き受けますよ」

「それで、いいはずはないだろう。依頼人はお前の力によって、被告の罪が少しでも軽くなることを、心の底から期待し望んでいるんだからね」

「だから、ぼくとしても依頼人のそういう期待や希望を、裏切りたくはないんですよ。裏切りたくはないので、最初から引き受けまいとしているんです」

「その被告人というのは……」

「名前は、坂田和也ですよ」

「坂田和也というのは、被疑者としてまったく救いようがないと、お前は断定しているんだな」

「ぼくだけじゃありません。関係者はすべて、そのように断定しています。被害者の久保田秋子は、三年前の九月一日の午後十一時前後に、アパートの自室の六畳間で絞殺されました。坂田和也も三年前の九月一日の午後十一時すぎに、被害者の部屋へ侵入して、水色のシェードつきのスタンドのコードで絞殺したと、自供しているんですよ」

「うん」

「そのとき被害者は、黒いワンピースを着ていたとも、坂田和也の自供にはありましてね。当時の公表や報道には、スタンドのコードで絞殺され、被害者はワンピースを着ていたとしかないんです。つまり、水色のシェードつきのスタンドとか、黒のワンピースとかいう具体的な状況説明は、現場を見た人間にしかわからないことなんですよ。坂田和也が加害者だからこそ、そのように自供できたんでしょう」

「なるほど……」

「事件当時の現場から検出された指紋の中に、坂田和也の指紋と一致するものが七つもあったんです」

「ほかに、目撃者もいたということなんだね」

「同じアパートの住人三名が、アパートの入口で飛び出してくる犯人と、鉢合《はちあ》わせをしているんです。当時は若い男ということのほかに、三人の目撃者の協力でモンタージュ写真を作ったんですが、犯人はわからずじまいでした。しかし、そのときのモンタージュ写真と坂田和也の顔を照合すると、もうそっくりなんですよ。そこで改めて三人の目撃者による個別の面通《めんとお》しを行った結果、三人とも三年前に見かけた犯人に間違いないと証言しました」

「ほかに、証拠は……？」

「犯行直後に、坂田和也は被害者から奪った預金通帳を、ガール・フレンドに頼んで全額おろさせていますが、そのガール・フレンドも事実であることを認めました。それから、被害者から奪った財布とバッグは、近くの神社の境内の廃屋の縁の下に埋めたという坂田和也の自供に基づき、その場所を掘り返したところ、財布とバッグが間違いなく発見されたんです」

「うん、完璧だな」

「物証はもちろん、心証だって決定的に不利なんですよ」

「有罪は、免れられないだろうね」

「微かな望みとしては、自首したのと変わりないという点にありました」

「坂田という若者は、泥酔して保護されたんだそうだね。それで強盗殺人の容疑で逮捕されたわけでもないのに、みずから進んで犯行を自供した。そうなると、確かに自首したのと変わりはない」

「自首したる者は、その刑を減軽することを得るんです。しかし、事件そのものはとっくに発覚しているんだし、犯行後三年もたっているんですからね。自首として認められることも、ほとんどあり得ません」

「絶望的か」

「当人に反省の色がなく、反抗の態度を貫く限り、どうすることもできませんよ」

「しかし、だからこそお前にとっては、引き受け甲斐のある仕事ということにはならないかね」

「冗談じゃないですよ、お父さん」

「そうかな」

「裁判は、遊びじゃないんですよ」

「そんなことは、わかっている」

「法廷ものとか呼ばれる映画やテレビ・ドラマが、そういう誤解を与えるんですよ。主人公の弁護士が公判で、カッコよく事件を解決する。ああいうことは、あくまで夢物語でしてね。ましてや陪審制でもない日本の法廷で、そんな正義の味方の神通力が通用するはずはないでしょう」

「だけど、お前の弁護士としての過去には、輝かしい栄光の星が三つも光りを放っているじゃないか」

「また、その話ですか」

「三つとも、全国的に知られた大事件だった。裁判も無罪、有罪、差し戻しと、こじれにこじれて、世間の注目を集めた。しかし、三つの裁判はいずれも、お前の弁護によって無罪という最終判決になった。おかげで今日の天下の神保洋太郎が誕生し、日本のペリー・メイスンが存在するようになった。いまではテレビでも知られる有名人、マスコミの寵児《ちょうじ》でもある」

「お父さんに真面目な顔でそんなことを言われると、やりきれないような気持ちになりますね」

「かつてのお前とは、まるで別人みたいだ。裁判の結果がわかりきっているから、弁護人を引き受けたくないなんてね」

「そんな言い方は、やめて下さいよ」

「過去の栄光は努力プラス幸運によるものだと、お前は言ったばかりじゃないか。そのお前が努力もしないで、最初から投げ出してしまっている」

「無駄な努力は、最初から避けるべきでしょう」

「無駄かどうかは、やってみなければわからない。それが、努力というものじゃないのかね」

「ぼくの仕事を引き受けるべきかどうかは、ぼくが判断しますよ」

「それとも、これまでの裁判には逆転の見込みがあり、その可能性のポイントを握っていたから、弁護人も引き受けたということになるのかな」

「ずいぶん、いやな言い方をするな」

「そうでなければ、厚い壁だからこそ挑戦するという意欲が、お前になくなったかだ」

「もう、いいかげんにしてくれませんか」

「あるいは、神保洋太郎という名前に傷がつくことを、お前は恐れているのかもしれない」

「お父さんは、ぼくを怒らせようとしているんですかね」

「有名人になったから、名士になったんだから、自分にとってプラスにならないことはやらないほうが得だと、計算が働いているのじゃないのかな」

「不愉快ですよ、実に不愉快だ」

「顔色が、変わったじゃないか」

「当然でしょう。相手が誰だろうと、侮辱されて平気でいられますか」

「侮辱かね」

「侮辱じゃないですか」

「わしは、忠告のつもりだが……」

「忠告だなんて、偉そうなことを言わないで下さい」

「偉そうなこと……」

「忠告というのは、対等あるいはそれ以上の人間がするもんですよ」

「親が子どもに忠告するのは、許されないことなのかね」

「それは親らしい親、親としての資格を有する親の場合だ！」

「何もそう、興奮することはないじゃないか」

「あんただって、たったいま言ったばかりじゃないですか。自分には、親としての資格はない。何ひとつ、親らしいことをしてやれなかった。お前が今日あるのは、育ての親である弟夫婦とお前の努力による。そうした自分がいまさら、この家で隠居面をしていられるだろうか。何かあっても、お前の負担にはなりたくない……」

「そのとおりだ。それが、わしの正直な気持ちだよ」

「しかし、現実にはそういうあんたでも、ぼくに扶養されて無事平穏に生きていられるんじゃないですか」

「充分に、承知している」

「だったら対等な口をきいたり、ぼくの仕事に干渉したりすることは、絶対にやめてもらいます」

「すると、父子の対話もできないということになる」

「そんなことはないでしょう」

「だって父子の対話の中には、忠告も含まれるんだよ」

「物事には、建前というものがあるんですよ」

「建前と本音の違いかね」

「建前というものの範囲内でなら、楽しい父子の対話もできるんです」

「形式的な父子の対話が、楽しいものなのかい」

「もともとぼくたちは、形式的な父子じゃないですか」

「建前と本音の違いがあるんなら、ひとつお前の本音というのを聞かせてもらおうじゃないか」

「いいでしょう。こういう機会は滅多にないんだし、この際はっきりさせておきましょう。正直に言って、ぼくはあんたのことを父親とは思っていませんよ」

「なるほど……」

「当然だとは、思いませんか」

「思うね」

「ただし、その理由は二十七年間を離れて過ごしたからだなんて、そんなに単純なものじゃありませんよ」

「そうだろうな」

「親子としての共同生活とか、いつも一緒に暮らしていることによって生ずる情とか、そういうものを必要とするのは、息子より娘のほうでしょうね。ぼくには子どもの時分から、そうした幼児性はすでにありませんでしたよ」

「うん」

「そんなことより重大なのは、父親が息子に与える影響です。いい意味だろうと悪い意味だろうと、息子は性格や人生観に父親の影響を受けるものです。息子に何の影響も与えない父親というものは、無に等しい存在だ。影響を与える父親と、それによって生き方を知る息子がいて、はじめて父子関係が形成される。しかし、ぼくはあんたから影響というものを、まったく受けていない」

「うん」

「ぼくが中学、高校、大学、それに司法試験と、成績をトップで通したのも、あんたの血を受け継いでのことだとは思っていない。ぼくの努力による結果ですよ」

「間違いない」

「では、何がその努力を支えたのか。悲劇的な星のもとに生まれた、という自分の運命に対する意地だった。惨死した母親と姉への愛が、とにかく負けてはならないとぼくをムチ打ったんだ」

「死んだ母親と姉は、お前にとって肉親なんだな」

「愛する母と姉ですよ」

「しかし、生きているわしは父親でもなければ、肉親でもない」

「あんたは、赤の他人だ。それも、憎むべき赤の他人なのかもしれない」

「憎むべき……？」

「あんたは母と姉を、死に追いやった人だ。法律上、あんたには過失責任はなかった。だけど、道義的な責任はある」

「お前もやっぱり、わしのことをそういうふうに見ていたのか」

「あんたは、ぼくの母と姉を見殺しにしたんだ」

「見殺しにしたとは、残酷な言い方だな。助け出すことが、不可能だったんだ」

「それは、あんたが火の中へ飛び込んで三人ともども焼死してしまったうえで、通用する弁解じゃないですか。それこそ試みてもいないのに、どうして救出は不可能だったと言いきれるんです」

「生きていたことが、悪かったみたいだな」

「そのとおりですよ。あんたは妻子を助け出すために、火の中へ飛び込んで死ぬべきだったんだ。そうしていれば、あんたのその行為は父親として、ぼくにも大きな影響を与えたはずだ」

「ひとつだけ、訊《き》いておきたい。その憎むべき赤の他人であるこのわしを、どうしてこの家に引き取ったりしたんだ」

「戸籍のうえでは、親子ですからね。年老いた父親の面倒も見てやらないなんて、マスコミの話題にされる。あるいは、あんたが大阪で何か間違いを起こして、神保洋太郎の父親だったと騒がれる。そういうことになったら、ぼくの名前に傷がつく。それで、あんたを引き取って隠居暮らしをさせておいたほうが無難だと、気がついたんですよ」

「なるほど、よくわかった」

「この父子の対話は、あんたが言ったとおり、喧嘩口論になりましたね」

「それは、本音だけの父子の対話だからだろう」

3

「さて、後味が悪いかもしれないけど、この辺でやめておきましょうか。これ以上、続けていると最悪の事態を迎えることになるかもしれませんからね」

「最悪の事態とは……？」

「つまり、一緒には住めなくなるということですよ」

「もう最悪の事態を、迎えてしまっているじゃないか」

「え……」

「お前はお父さんという呼び方を、あんたという呼び方に変えた。それに、お前の本音というのも、聞かせてもらった。これ以上の最悪の事態というのは、ないんじゃないだろうか」

「だから、どうするというんです」

「まず、わしの本音というのを、聞かせようじゃないか。お互いに本音を吐いてこそ、本物の父子の対話ということになる。わしの本音として最初に言うべきことは、お前は法律家らしい冷静さに欠けているという指摘だ。お前は興奮して血相を変え、大声を張り上げた」

「それは、あんたが専門家でもないのに、わかったような分析を試みたので、ついカッとなってしまったんですよ」

「違うな。わしに真実を指摘されて、図星《ずぼし》をさされたという弱みから、お前は逆上せずにいられなかったんだ。しかし、それがそもそも法律家としての適性を欠き、冷静さを失っていることの証拠なんだ」

「そうですかね」

「お前には、ものを見る目がない。人生なんてものも、まるでわかっちゃいないんだ」

「何とでも、言って下さい」

「坂田和也という若者の事件だが、お前はそれを絶望的で救いようがないものと決め込んでいる。そこにもう計算が先に立っているお前の客観性の不足、というものが感じられる」

「またしても、素人《しろうと》考えによる分析ですかね」

「ではひとつ、素人のわしが専門家のお前に訊いてみようじゃないか」

「真面目な質問なら、答えますよ」

「三年前の九月一日は、何曜日だったのかね」

「水曜日でした」

「被害者の久保田秋子は、場末のバーで働いていた」

「ええ」

「そのバーは、水曜日が定休日なんだろうか」

「いや、定休日は日曜だけです」

「営業時間は、何時までだ」

「正規の営業時間は十一時三十分までだけど、客がいれば夜中の二時、三時までもやっているそうです」

「すると久保田秋子はその日、勤め先のバーを休んだことになるな」

「ええ」

「久保田秋子は店を休んで、アパートの自室にいた」

「そうです。しかし、まるまる欠勤したのではなく、早退をしたということでした。ママの話によると、午後九時に久保田秋子は帰ったそうです」

「早退の理由は……?」

「寒気《さむけ》がすると言っていたそうですから、身体の具合が悪かったんでしょう」

「寒気がするからと早退したんだったら、家に帰ってすぐに寝たはずだ。しかし、十一時すぎに殺された久保田秋子は、寝巻に着替えることもなく、黒のワンピース姿だったというじゃないか」

「それはまあ、サボって早退したということも考えられますからね」

「その場末のバーから、久保田秋子のアパートまでの距離は、どのくらいなんだ」

「歩いて、七分というところでしょう」

「だとすれば、アパートの自室に帰りついたのが九時七分すぎで、それから殺されるまでの二時間、彼女はひとりでいたということになる」

「九時十分すぎに久保田秋子が自分の部屋にはいるのを、アパートの住人が見かけているので、まず間違いはないでしょう」

「現場の状況だけど、久保田秋子が食べたり飲んだりしていた形跡は見られたのかね」

「いや、テレビがつけっぱなしになっていただけで、ほかには何もなかったそうです」

「すると久保田秋子は二時間ものあいだ、着替えもしなければ飲み食いもせずに、ただテレビを見ていたということになるのかな」

「そうとしか、考えようがありませんね」

「久保田秋子はテレビが見たくて、店をサボったのだろうか」

「まさか、そんなことのために、サボったりはしないでしょう」

「だったら、久保田秋子は意味もなくサボったりしたわけじゃない。それなりの目的があって、店を早退したんだろうね」

「たとえば、どういう目的ですか」

「第一に考えられるのは、男ってことになるんじゃないのかな」

「久保田秋子に、男関係はなかったそうです。暗いところで酔っぱらい相手なら四十前で通るかもしれませんが、まともに顔を見たら四十七歳という実際の年より老《ふ》けているし、器量も悪かったということです。それに彼女自身も、色事には興味がなかったようでしてね」

「親しい友人とか、親類縁者とかはいたんだろうか」

「いなかったという話でしたよ。何しろ、頼りになるのは金だけだというのが、久保田秋子の口癖だったそうですからね」

「そういう女が、給料に響くと承知のうえで店を早退したんだとすれば、損にはならないという計算があったからだろう」

「だから、どうだというんです」

「久保田秋子には、約束があったんだ。つまり夜の九時以降に何者かが、久保田秋子の部屋を訪れることになっていて、彼女もそれを待っていると約束してあった。それで久保田秋子は店を早退し、アパートの部屋でテレビを見ながら、約束の相手が訪れるのを待っていた」

「その約束の相手が、坂田和也だったということにはなりませんね」

「坂田和也という若者と久保田秋子は、互いに面識がなかったんだね」

「その点については、間違いないようです。坂田和也もたまたまアパートの前を通りかかり、ひとつだけ明かりがついている窓を見て、強盗に押し入ってやろうと思いついた、と自供していますしね」

「では、坂田和也がその約束の相手には、なり得ない」

「愛人と言える男ではないし、友人、知り合い、親類縁者でもない」

「それでいて、その約束の相手は、久保田秋子にとって金になる人間だった。少なくとも会って損はしない相手と、久保田秋子は思っていたんじゃないのかね」

「そう言われても、見当のつけようもありませんよ」

「だけど、おかしいじゃないか。久保田秋子の部屋を訪れることになっていた人間は、いったいどこに消えてしまったんだ。もし、その人間が坂田和也の侵入する前に訪れていたとしたら、久保田秋子は殺されるまで着替えもすませずにテレビを見ているということはないだろう。客が帰ったあと彼女は当然、着替えをするなり、寝床にはいって寛《くつろ》ぐなりしたはずだ」

「久保田秋子が殺されてから、その人間が部屋を訪れたのであれば、事件の第一発見者とならなければならない」

「死体を見つけたのは誰であって、いつのことだったんだね」

「三時間後にバーのママが酔っぱらっての帰り道にアパートの前を通りかかり、久保田秋子の部屋に明かりがついているのに気づき、ビールでもご馳走になろうと思って立ち寄った。そして事件の発見者になり、一一〇番に通報したんです」

「すると、やっぱり久保田秋子の部屋を訪れたはずの人間は、そのまま消えてしまったということになる」

「その人間の存在を、確認すべきだというんですか」

「事件直後に警察は、その人間の存在を確認するための捜査活動を行ったんだろうか」

「いや、そういう事実はありません」

「どうしてだ」

「久保田秋子の部屋を訪れることになっていた人間の存在が、捜査の過程において浮かんでこなかったからでしょうな」

「お前は、どう思う」

「話としてはおもしろいけど、実際にXなる人物が存在していたとは思えませんね」

「しかし、Xがもし存在していたら、法廷で坂田和也の無実を立証できるじゃないか」

「とても、無理ですよ」

「なぜだね」

「裁判は遊びじゃないって、言ったでしょう。Xという想像の人物を持ち出したりしたら、ぼくは精神に異常を来たしたと思われます。それに坂田和也の犯行であることは、明白なんですから……」

「坂田和也という若者は、恋人に裏切られたと誤解して、この世をはかなんでいるだけのことだろう。恋人を含めた世の中全体に復讐してやろうと、無意味な抵抗を続けているのにすぎない。そのために、やりもしないことをやったと言い張っているんだ」

「やりもしないこと……？」

「殺人さ」

「あのねえ、坂田和也は犯人でなければわからないことを、具体的に明確に自供しているんですよ」

「坂田和也が部屋に侵入したとき、久保田秋子はすでに殺されていた。坂田和也は預金通帳、ハンコ、財布入りのバッグを盗んで逃げただけだ。それでも現場に彼の指紋は残るだろうし、目撃者と鉢合わせもするだろう。預金を現金化したというガール・フレンドの証言もあり、隠匿《いんとく》したバッグや財布も見つかるということになる。しかし、坂田和也が久保田秋子を殺したという証拠は、何ひとつとしてないじゃないか」

「言葉のお遊びとしては、通用するかもしれませんがねえ」

「法廷で坂田和也の強盗殺人に関しては、無実ということを立証できる。坂田和也の罪は、窃盗だけということになる。窃盗罪だけなら、初犯ということもあって、執行猶予の可能性もあるんじゃないのかね」

「参ったな」

「無期懲役と執行猶予には、天と地の開きがある。ひとりの若者の人生を救おうという気持ちに、いまのお前はなれないのか」

「ちょっと、待って下さいよ」

「無実の罪をかぶろうとしている人間を、お前は見殺しにするのかね」

「あんたは、坂田和也は強盗殺人をやっていないと決めてかかっている」

「久保田秋子を殺したのは、Xなる人物だ。すでに死んでいる久保田秋子を相手に、強盗を働くはずはない。わしには、そう断言できる」

「Xなる人物というのは、あんたの想像にすぎないんですよ」

「いや、想像ではない。Xなる人物は、実在している。いま、お前の目の前にいるのが、Xなる人物なんだからね」

「え……！」

「久保田秋子を殺したのは、このわしなんだよ」

「悪い冗談だ」

「久保田秋子は黒いワンピースを着て、青いシェード付きのスタンドのコードで絞殺されていた。そのように見たままのことを言ったために、坂田和也は犯人に間違いないとされた。だったら、このわしがもっと詳しいことを、喋《しゃべ》ろうじゃないか。そのとき久保田秋子は、左手だけマニキュアを落としていた。安物の金の鎖を、ネックレスとして首にかけていた。右側の首筋に、膏薬《こうやく》を貼っていた。どうだね、こうしたことが当時、公表されたり報道されたりしただろうか。犯人でなければわからない、ということになるんじゃないのかね」

「お父さん……！」

「お父さんは、まずいだろう。神保洋太郎の実父が殺人犯ということになったら、お前の名声と栄光は地に堕《お》ちるぞ」

「あの久保田秋子のような女を、お父さんはどうして知っていたんですか！　人生における接点が、あったとは思えない」

「わしがこの家に厄介になるようになって二年後、つまりいまから三年前の八月下旬に、ここへ電話がかかった。誰もいなかったので、わしがその電話に出た。電話の相手は、久保田秋子だった」

「何のための電話だったんです」

「一種の脅迫だな。古い秘密を握っている彼女は、口止め料を要求して来たんだ。老後の生活を楽に過ごしたいので、まとまった金が欲しいってね。かなり悪質な感じだったし、一度の脅迫ですむはずはない。こうなったら彼女の口を封ずるほかはないと、わしは咄嗟《とっさ》に意を決していた」

「それで、九月一日の夜に会う約束をしたんですか」

「そうだ。十時前に彼女の部屋へ、要求どおりの金を届けるということだった。わしは彼女の部屋を訪れると、一刻の猶予もなく襲いかかった」

「どうして、そんなことをしてくれたんだ！ あんたはあまりにも、勝手すぎる。自分のことしか、考えない人間だ！ 妻と娘を見殺しにしただけではなく、息子までも破滅に追い込もうとしている！ あんたは、人間じゃない！ 悪魔だ！」

「勘違いをするんじゃない。わしは自分のために、久保田秋子を殺したわけではないんだぞ」

「じゃあ、誰のために殺したんだ！」

「お前のためさ」

「嘘をつけ！ いまさら、卑怯な逃げ口上だ！」

「久保田秋子の正体を、誰だと思う」

「そんなこと、知るもんか！ どうせ、あんたとは腐《くさ》れ縁のむかしの女か何かなんだろう！」

「いまから三十二年前、母さんと娘が焼死したあの火事のとき、久保田秋子はまだ十八歳だった。お前を抱きかかえて逃げた若い女中さんが久保田秋子であり、同時に彼女はお前に関する重大な秘密を握っている唯一の人間でもあった」

「どんな秘密を、握っていたと言いたいんだ！」

「三歳だったお前が、煉炭の火の中へセルロイドの人形を投げ込んだことが、あの火事の原因だという秘密だよ。母親と姉を殺したのは自分だと、お前に一生の十字架を背負わせたくなかったので、わしはその事実を秘密にしておいた」

「何だって……」

「それをいまになって、久保田秋子は脅迫のタネにしおった。いまをときめく神保洋太郎先生の過去の秘密を売り込んだら、おもしろい暴露記事として歓迎されるんじゃないかってな」

「そんな、そんな馬鹿な！」

「人生にも、親子のあいだにも、いろいろなことがある。そして、このことだけは今日まで、父子の対話の中ではどうしても打ち明けられなかった。しかし、お前に父親ではなくて憎むべき赤の他人と言われて、わしも話す気になれたというわけだ。人生の秋を迎えて、この秋の日に、わしは三尺の秋水という心境だよ。秋の澄みきった水のように曇りのない名刀、それが三尺の秋水だ」

「いったい、どうしたらいいんだ！」

「坂田和也の無実を立証するために、お前はこの憎むべき赤の他人を、法廷へ引っ張り出せばいいんじゃないのかね」

演技者

午後一時五十分

「もしもし……」

「はい」

「五郎さん？」

「ああ……」

「ユリよ。いよいよ、決行ですからね。どう、準備オーケーかしら」

「まあね」

「あら、どうしたの。乗り気じゃないみたいね」

「いや、別に……」

「意欲と積極性に、欠けているみたいよ。まさか、いまになって臆病風に、吹かれたってわけじゃないでしょうね」

「そんなことはないさ。やる気、充分だ」

「だったら、もっとしっかりしてよ。いつもの五郎さんみたいに、燃える男じゃないと、不安になるわ」

「大丈夫だよ」

「五郎さんとわたしにとって、生涯で最も重大な日になるかもしれないのよ。二人にとって、天下分けめのときじゃないの。今日の決行に成功すれば、もう五郎さんとわたしの愛を妨げるものはなくなるのよ。わたしは、明日から未亡人。一周忌がすぎたら五郎さんと堂々と同棲して、半年後には結婚だわ。下館ユリ、三十歳で再婚。新郎は二つ年下の元ウェルター級世界チャンピオン松前五郎って、芸能誌、女性週刊誌、一般週刊誌が大騒ぎをするだろうな」

「その前に週刊誌ばかりじゃなくて、新聞までが大きな記事に扱うだろうよ。テレビと映画のスター、下館ユリの夫が自宅で殺されるってね」

「白昼強盗の犯行かってね」

「本当に、強盗の犯行に見せかけるのか」

「そうしなければ駄目よ。和久井を絞殺したあと、室内を物色してね。サイド・テーブルの引出しに、いつも五十万円ぐらいの現金がはいっていますからね。それをそっくり、持って来たほうがいいわ」

「今日は日曜日。日曜日の白昼強盗なんて、あんまり聞いたことがないな」

「いいのよ。日曜日はお手伝いさんが二人とも休みで外出するし、和久井は夕方まで寝室で眠り続けるというのが、いつもの習慣なんですものね。そのことを嗅《か》ぎつけた強盗だったら当然、日曜日の昼間を狙って侵入するはずよ」

「きみが自宅にいなかったってことで、疑われないかね」

「その点だったら、問題はないわ。下館ユリが日曜日とか仕事がない日は、マスコミの取材と来客を逃れて、別個に借りてあるこのマンションの一室で休息をとることにしているというのは、もう半年も前からの周知の事実ってわけでしょ。日曜日にわたしがここへ来て、ひとり気ままに過ごしているってことはむしろ当然であって、疑ったりする人なんていうもんですか」

「そうか」

「とにかく、わたしにとって何よりも大切なのは、アリバイなのよ。最近の和久井とわたしの仲がうまくいっていないってことを知っている人間が、芸能界やマスコミ関係者にはかなりいるもんね」

「そんなとき、和久井氏が殺されたりすれば、警察の目は真っ先に下館ユリへ向けられる」

「そうよ。和久井は他人の面倒見がいいし、敵を絶対に作らない人ですからね。和久井みたいに人望があって、誰にでも好かれるって男も珍しいでしょ」

「おれも和久井氏のことは、嫌いじゃないからね」

「妻の愛人にまで好かれちゃうような男なんだから、本当に困っちゃうのよ。事業家としても敵がいないし、個人的な動機、つまり憎悪とか怨恨とかで和久井を殺そうとする人間なんて、恐らくこの世の中にはひとりもいないでしょうね」

「ただひとり目をつけられるとすれば、夫婦仲が極端に冷えつつある妻の下館ユリってことになる」

「夫婦仲の問題だけじゃなくて、和久井は億万長者と言われる財産家で、子どもがいない。和久井が死ねば、遺産相続人はわたしひとりだけなのよ。その遺産欲しさにという動機も、わたしの場合には一つ加わるんだわ」

「そのことも動機の一つというのは、確かに事実じゃないか」

「それだって、五郎さんに一生不自由はさせたくない、というわたしの気持ちがあればこそなのよ」

「わかっているよ」

「いずれにしても、和久井が殺されれば疑われるのは、このわたしひとりだけなんだわ。だからこそ、わたしには完璧なアリバイが必要なのよ」

「きみのアリバイが成立しても、共犯者がいてというふうには、疑われないだろうか」

「その点も、大丈夫って断言できるわ。わたしに、あなたという愛人がいるってことは、誰ひとりとして気づいていませんからね。わたしと松前五郎を結ぶ線については、現在まで完全な秘密として保たれているでしょ」

「その辺のことには、まあおれにも自信があるけどね」

「和久井が殺されたからって、あなたの存在が浮かび上がるようなことは絶対にないのよ」

「と、思うがね」

「下館ユリが松前五郎と知り合って、熱烈な恋に陥るのは、和久井のお葬式のときに初めて紹介されたのがキッカケ、ということになるんだわ」

「なるほど……」

「それに天下の女優が、お金で殺し屋を雇ったなんて警察が考えるはずはないし、夫殺しに共犯者がいると疑われることは、まずあり得ないでしょう」

「要するに、きみのアリバイさえ完璧なら、問題はないというわけだな」

「そう、そうなのよ。わたしのアリバイが、すべてを決定するんだわ」

「それで一方では、強盗の犯行と見せかける」

「わたしには完璧なアリバイがあって、しかもお金が目あての犯行となれば、警察の捜査方針はおのずから決まるというものよ」

「そのアリバイの立証方法なんだけど、もっと派手にやったらどうなんだい」

「派手にって……?」

「だってさ、和久井氏を殺すのはこのおれなんだし、きみにアリバイがあるというのは、むしろ当然すぎることなんだろう。だったら、もっと文句なしの立証方法が、あると思うんだ」

「たとえば……?」

「たとえば、和久井氏が殺された時間に、きみは撮影所かテレビ局にいて、衆人環視のうちに本番が進行中だったとかさ。そうでなければパーティに出席していて、大勢の人の注目を浴びたり、カメラを向けられたりしていたとか……」

「あのね、五郎さん。アリバイというものは、作っちゃいけないのよ。撮影の本番中とかパーティに出席していたとか、あまりにも完璧すぎるとかえって怪しまれることになるわ。アリバイそのものは成立するでしょうけど、どうも作為的な感じがするという印象を刑事に与えてしまったら、あとが厄介になるでしょ」

「うん」

「アリバイは結果的に成り立つ、という自然さが肝心なの。それには、その前後の生活の流れというものも、自然でなければならない。わたしが撮影の本番中やパーティに出席中、まるでそのときを選んだみたいに強盗がはいって和久井を殺す。これじゃあ、前後の自然な流れってものが、あまり感じられないでしょう」

「うん」

「お仕事もパーティもない日曜日、わたしは休息のために自宅から遠く離れたマンションの一室で、いつもの通り気ままな時間を過ごしている。主人は主人でいつもの通り、お手伝いさんたちもいない自宅の寝室で、夕方まで眠っていることになっていた。ところが昼間のうちに強盗がはいり、主人を殺しお金を奪って逃げた。わたしは遠く離れたマンションにいたことが立証されて、結果的にアリバイが成立する。これだったら、派手さはないけど、とても自然じゃないかしら」

「わかったよ、確かにきみの言う通りだ。しかし、そのマンションにいて、きみのアリバイは完璧に立証されるのかい」

「ええ、大丈夫よ」

「だって、きみはそこに、ひとりでいるんだろう」

「そう、誰も呼ばないわ。撮影の本番中とかパーティとかもそうだけど、わたしはこういうときにほかの人と一緒にいたくないの。それは、何らかの反応が表われるんじゃないか、いつものわたしとどことなく違うってことを気づかれるんじゃないかって、そういう不安があるからよ」

「もし、気持ちの動揺が表に出てしまったらと、心配なわけなんだな」

「当然でしょう。わたしだって、気丈とはいえ人間ですもの。いま、愛する人が夫を殺しているところだって意識を、消すことはできないわ。それが、どんな拍子に顔や態度に表われてしまうかわからないし、徹底してコントロールするなんてとても不可能よ。だから、わたしはここにひとりでいるわ」

「きみの言い分はわかったけど、ひとりでいてどうして完璧なアリバイが立証できるんだ」

「それは、最も肝心なことでしょ。ちゃんと、計算ができているわよ」

「きみが、その部屋から一歩も出ていないということを、第三者に証明させるんだぜ。部屋の中にひとりでいて、どうして第三者の証明が得られるんだ」

「何も第三者と一つの部屋の中に、一緒にいなければならないってことじゃないと思うのよ」

「しかし、一緒にいなければ誰が、きみの存在を知り得るんだ」

「第三者が部屋の外から、わたしを見ている。それだって充分、立証者の資格はあるでしょ」

「え……？」

「あとで、説明するわ。ずいぶん長電話になってしまったし、五郎さんももう出かけなくちゃ駄目よ」

「よし、和久井家の近くまで行ってから、また電話するよ」

「そうしてちょうだい。じゃあ、またね」

午後二時三十五分

「もしもし、五郎だ」

「ユリよ」

「和久井家の門まで、約三百メートル。あたりに、人影なしだ。師走《しわす》という感じなんかしないし、まるでもう正月になってしまったみたいに、静かでのんびりした高級住宅街の風景だよ」

「公衆電話ね」

「もちろん、待っている人もいないボックスの公衆電話さ」

「十円玉、いくつも用意してあるかしら」

「オーケーだ」

「でも、さっきみたいに、長話はしていられないわね。だから、手っ取り早く話をすませましょ」

「とにかく、さっきの続きを説明してくれないか。きみのアリバイが完璧だって納得がいかないうちは、おれだって安心して仕事ができないからな」

「いいわ、でも簡単に説明するわよ。わたしが借りているマンションのお部屋は三階にあって、南側と東側に大きな窓があるの。特に東側は窓というよりも、全面ガラス張りの感じなのよ」

「うん」

「ところが、その東側に道路を隔てて、もう一つマンションがあるの。そっちのマンションだと西に面していることになるけど、かなり広くて洗濯物を出しておけそうなベランダになっているわ」

「その隣りのマンションのベランダに立つと、きみの部屋の中がまる見えってわけなんだな」

「そうなの。だからまあ、わたしのお部屋の東側にはほとんど、カーテンを引いておくことが多いけどね」

「それに隣りのマンションの住人にしても、西向きのベランダには滅多に出て来ないんだろう」

「そうね。でも、一ヵ月ほど前から、わたしはあることに気がついたの。隣りのマンションの四階、それも丁度わたしのお部屋から見て真正面のベランダに、画家が姿を現わすってことなのよ」

「画家って、絵描きだね」

「そう。四階のベランダに三脚を据えてカンバスを置き、絵筆を振るうのよ。三十代か四十代かわからないけど、ベレー帽をかぶってパイプをくわえて、鼻の下に髭をたくわえていて、いかにも絵描きさんらしいタイプなの。それに、サングラスをかけるってこともあるけど……」

「毎日かい」

「わたしの知る限りでは、毎日みたいね。それも午後一時から四時までと決まってい
て、それはそれはきちんとした日課みたいなのよ」

「よほどの大作に、取り組んでいるんだな」

「このあたりは大小のマンションばかりが集まっていて、墓石の都会というテーマの捉え方をしたら、面白いアブストラクトになるんじゃないかって、有名な画家の話を又聞きしたこともあるし、きっと隣りのマンションの絵描きさんもそうした作品に取り組んでいるんじゃないかと思うの」

「すると、その画家はいまも、隣りのマンションのベランダで絵を描いているのかい」

「ええ、今日も午後一時から、ちゃんと始めているわ」

「その画家の位置から、きみの姿がはっきり見えるのかね」

「よく、見えるでしょうね。東側の全面ガラス張りみたいな窓のカーテンを、取り払ってありますからね。もちろん、今日に限ってやったことではなく、この計画を思いついてからはずっとカーテンをしめないようにしてあるのよ」

「しかし、夢中になって作品に取り組んでいる画家の目には、君の姿なんかはいらなかったってことにならないかね」

「カンバスの角度は、わたしのお部屋より、ほんの少しずれているだけよ。眼前の風景を眺めれば、いやでもこのお部屋の中まで目にはいってしまうわ」

「でも、三階と四階なんだろう」

「だから、丁度いいんじゃないの。やや低いところというのは、いちばん目に入りやすいのよ。それに、風景もカンバスも見ないで、じっと考え込んでいる時間もかなり長いの」

「そういうときは、きみの部屋の中を見ているんだろうか」

「サングラスをかけているときが多いから、恐らくさりげないふうを装って、わたしのことを見ているんでしょうね」

「やっぱり、興味があるのかな」

「当然よ。もちろん顔を見ただけで、わたしが下館ユリだってわかるでしょ。下館ユリのプライバシーが眺められるんなら、女性たちだって夢中になるわよ。ましてや相手は、男性なんですからね」

「色っぽい恰好《かっこう》をしているんじゃないのか」

「多少はね。だって、相手の気や目を引くためには、そのくらいのサービスが必要でしよ」

「まさか、水着姿なんかには……」

「暖房が利きすぎているから、水着姿になってもいいんだけど、そこまでやってはかえって不自然になるわ」

「いったい、いまどんな恰好をしているんだ」

「タイツ姿よ。上半身はボディ・スーツ、下半身は網タイツだわ」

「下半身の網タイツというのは、かなり色っぽいな」

「お部屋で体操をしたりで、目立つことをやらなければならないんだし、この恰好がいちばん自然なのよ」

「いま、電話に出ているところだって、見られているのかも……」

「そうね。でも、話の内容は聞こえないんだし、女ひとりいて長電話をしているなんて当たり前でしょ」

「その画家が証人になってくれるのは、午後四時までなんだな」

「そうよ」

「現在《いま》、午後二時四十三分……」

「二時四十四分だわ」

「これから、和久井邸に侵入する。予定通りにいけば、犯行は午後三時だ。死亡推定時刻を明白にさせるために、殺した時間に和久井氏の腕時計を何かにぶつけて壊すつもりだよ」

「そうね」

「犯行は、午後三時だ。いま、きみがいるマンションから和久井邸まで、どんなに急いでも五十分はかかる。往復で、一時間四十分だろう」

「わたしがここにいることは、目の前の絵描きさんが午後一時から気づいているわ。そして、午後四時までわたしは、絵描きさんの視界から消えないようにする」

「きみがそこにいることを常時、確認してもらう必要はない。きみはその部屋から一時間四十分も姿を消さない限り、夫殺しの犯人にされることはないのさ」

「そうね」

「いますぐに、きみがその部屋を飛び出して行っても、午後三時に自宅でご主人を殺すことは、物理的に不可能だ」

「そうなるともう、すでにわたしのアリバイは完璧ってわけなのね」

「そういうことになる」

「だったらもう、ほかに何の心配もないわ。あとは、決行するのみよ」

「そっちのほうは、おれに任せておけ」

「嬉しいわ、五郎さん。あと十五分もしたら、わたしはあの和久井から解放されるのよ。六十をすぎてもうその能力もないのに、夫の特権のままにわたしの全身を舐《な》め回すあの男が、この世から消えてしまう。もう二度と、夫に触られることも、あの不快感を押しつけられることもない。わたしは自由な女として、五郎さんの胸の中へ飛び込んでいける。そして、あなたが与えてくれるあの陶酔感《とうすいかん》に、心ゆくまで酔い痴れることができるんだわ」

「じゃあ、行ってくる」

「五郎さん、愛しているわ」

「きみもそこで、演技者としての天分を発揮するんだ」

「わかったわ。あなたも、頑張ってちょうだい」

「うん。結果は和久井邸を抜け出して、駅前まで行ってから、すぐ電話で報告するよ」

「お願いね、じゃあ……」

午後三時三十分

「もしもし……」

「五郎さん？　ユリよ」

「万事オーケーだ」

「いま、どこなの」

「駅前の公衆電話だよ」

「ずいぶん、騒がしいわね。まわりに大勢、人がいるんでしょう」

「まあね。しかし、みんな自分たちのことに夢中になっているから、大勢の中にいたほうがむしろ安心だ」

「早かったのね」

「おれ自身、驚いたくらいだよ。何もかも、順調でね。和久井氏の死亡時間は午後三時五分で、彼の腕時計もその時間に壊れて止まっている。それから、寝室にあった現金四十六万円を、頂いて来たぞ。室内を物色して荒らすのに七分間、和久井邸を抜け出すのに三分間、和久井邸からこの駅前までくるのに十分間というわけさ」

「指紋は、大丈夫ね」

「皮手袋使用だし、和久井邸に出入りするところを見られた心配もない。家の中にいたのは和久井氏だけで、まさに完璧だったよ」

「和久井は、間違いなく死んだのね」

「完全に死んでいることを確認してからも、約五分間は首をしめ続けていた。息を吹き返すといった心配は、絶対にない」

「そう」

「どうだい、信じられたか」

「とてもまだ、信じられないわ。あの人が、もうこの世にいないなんて……」

「まあ、死体を自分の目で見なければ、実感が湧かないだろうな」

「もう一度、振り返ってみてちょうだい、手抜かりはまるでなかったか、計算違いや失敗は一つもなかったか。何か忘れたり、現場に残して来たりしたものはなかったか、よく考えるのよ」

「大丈夫さ。和久井邸から駅前まで歩きながら、何度となくその点を考えてみた。しかし、手抜かりは、ゼロ、針の先ほどの失敗もしていない」

「あなたが、そう断言するんだったら、もう絶対だわ」

「だから、万事オーケーさ」

「よかった！　でも、やっぱり撮影の本番とかパーティとか、大勢の人がいるところでアリバイを立証させること、やらなくてよかったわ」

「どうしてだい」

「きっと、怪しまれたわよ。だってもう、気が気じゃなかったもの。胸はドキドキで心臓が破裂しそうだったし、ソワソワしちゃってまるで落ち着けなかったわ。ひとりだったからいいようなものの、誰かそばにいたら間違いなく変に思ったでしょうね」

「あとで、その時間に亭主どのが殺されたってことがわかったら、おやっと思う人間もいただろうというわけか」

「そうなのよ」

「ところで、証人になってくれるはずの画家は、どうしたね」

「未だに健在よ。寒そうに身体を縮めながら、カンバスに向かっているわ。いったい、どんな絵を描いているのか、見てみたいくらいよ」

「その画家に、どうも様子が変だなんて、怪しまれることはないんだろうな」

「それは、心配ないわ。一つの部屋の中に一緒にいるわけじゃないんだし、普段のわたしについてよく知らなければ比較のしようもないでしょ」

「まあ、きみの表情や胸のうちまでは、読み取れないだろうね」

「それに、わたしはずっと、激しく動き回っていましたからね。跳んだりはねたりの体操から床運動まで、舞台せましと暴れ回っていたわ」

「さぞかし、エロチックだったろうよ」

「馬鹿ねえ、五郎さんたら。わたしが本当にエロチックな姿を見せるのは、この世であなたひとりだけじゃないの」

「まあ、いいだろう。とにかく、きみのアリバイの証人のほうも、完璧っていうわけなんだな」

「何よりも肝心なわたしのアリバイも、絶対だって断言できるわ。この電話を切ったあと、絵描きさんがベランダから引っ込むまでは、台本を手にして大きなゼスチュアを入れながら、お部屋の中を歩き回りつもりよ。いかにも、スター女優らしくね」

「やっぱり、演技者だな」

「女優ですよ」

「あとは、警察が相手だ。演技者として、しっかりやってくれ」

「お手伝いさんたちは、六時に帰ってくるはずだわ。すぐ主人が殺されているのに気づいて、一一〇番に通報するでしょう。出動した警察は、真っ先にわたしを疑ってかかるわね」

「姿を見せないきみに目をつけて、当然どこにいるかを確かめようとする」

「お手伝いさんが、日曜日にはいつもマンションで息抜きをしていると、刑事に説明するわ」

「そのマンションの電話番号を、刑事に教えるだろう」

「お手伝いさんは、ここの電話番号を知っていますからね」

「刑事がそこへ電話をかけてくるのは、六時三十分から七時ってところだろう」

「その前に、主人が殺されていることに気づいたお手伝いさんが、ここへ電話をかけてくるわ。でも、その電話にも、出ないつもりよ。わたし、その時間にお風呂にはいろうと思っているの。シャワーを浴びていて、電話には気づかなかったことにするのよ。そのほうが、自然でしょう」

「おれはここから、テレビ局へ行く。今夜のフライ級の世界選手権の生中継に、ゲスト出演をすることになっているんでね」

「そう。それは、グッド・タイミングだわ。とても、自然だものね」

「それから今後しばらく、きみとおれは接触を持たないほうがいい」

「ただ、告別式なりお通夜のときなりに、わたしはあなたに紹介されるってことになるだけでね。寂しいけど、仕方ないわ。一ヵ月ぐらいは、あなたに抱かれるのを我慢しなくては」

「じゃあ……」

「愛しているわ」

「おれもだ」

「気をつけて……」

午後六時三十五分

「もしもし……」

「もしもし、失礼ですが、和久井ユリさんですね」

「は、はあ」

「和久井ユリさん、つまり女優の下館ユリさんですな」

「はあ。あのう、どちらさまでしょうか。この電話番号は極く一部の者しか、知っていないはずなんですけど……」

「わたし、警察の者なんです」

「警察……？」

「そうなんですよ」

「じゃあ、あなた刑事さん？」

「はい、中村と申します」

「それで、ご用件は……？」

「実は、あなたにとって大変、不幸な事件がありましてね」

「事件って……」

「殺人事件なんです」

「殺人事件とわたしに、何か関係があるんですか」

「被害者つまり殺されたのは、あなたのご主人なんですよ」

「ええっ！」

「今日の午後三時頃に、ご主人は自宅の寝室で絞殺されました」

「あなた、誰なの。刑事だなんて、嘘なんでしょ。それにしても、悪い冗談だわ。エイプリル・フールだって、身内の人間の生き死ににについての嘘は、タブーとされているんですからね」

「奥さん、お気の毒ですが、冗談やイタズラじゃありません。ご主人が殺されたのは事実だし、わたしも正真正銘の刑事なんですよ」

「え……。じゃあ、本当に主人は、殺されたんですか！」

「はい」

「でしたら、これからすぐに自宅へ戻りますわ」

「ちょっと、待って下さい。実は捜査の都合というものがありまして、奥さんにはもう少しそこにいて頂きたいんですよ。わたしのほうから、そちらへお伺いします」

「でも、主人の死に顔を見なければ、とても信じられません。夫の死を知りながら、どうして妻が家に帰らずにいられますか」

「奥さん、わたしをはじめうちの署で、下館ユリのファンじゃない者はひとりもいないんですよ。その下館ユリさんにこういうことを言うのは、一ファンとしてわたしも辛いんですがね。まあ、ザックバランに申し上げましょう。実は文句なしに、あなたに疑いの目を向けたがっている者が、大勢おりましてね」

「わたしが疑われるって、わたしが主人を殺したという見方をなさるんですか」

「残念ながら、そういうことになるんです」

「そんな馬鹿な……！　いったい、どういう根拠があってのことなんですか」

「動機です。和久井氏とあなたの夫婦仲が大変に険悪でありながら、あなたが協議離婚に応じようとしないという事実は、世間周知のことでしょう。まあ、スターの宿命と申しましょうか。それにもう一つ、一ヵ月ほど前に和久井氏がうちの署長に面会を求めて、自分が変死した場合は妻を容疑者と見て間違いないからと、特別な申し入れをされているんですよ」

「だからって、わたしが犯人にされてしまうんでしょうか」

「いや、そんなことはありません。あなたは事件に無関係だということが立証されれば、もちろん容疑の対象からはずされます。正直なところ、われわれファン一同としては、あなたのシロが立証されることを、心から期待しているんですがね」

「どうしたら、シロだということが立証できるんでしょうか」

「この場合は、アリバイしかありませんな。アリバイが立証されれば、あなたは無条件にシロ。もし、アリバイが少しでも曖昧《あいまい》なときは、あなたは直ちに捜査本部で厳しい追及を受けることになるでしょう」

「アリバイですか。とにかく、わたしは今日の正午前から、この部屋を一歩も出ておりませんの」

「そうですか。しかし、ご主人の不幸を知らせるために、お手伝いさんがここへ電話を入れても、あなたはお出にならなかったという話ですよ」

「それは、何時頃だったんでしょう」

「ええと、六時すぎだそうです」

「でしたらわたし、お風呂にはいっていましたわ。今日の午後ずっとこのお部屋で体操をやっていたもんですから、汗を流すのに長風呂になりますしね。シャワーを浴びていれば、電話のベルは聞こえません」

「なるほど……」

「このお部屋から一歩も出なかったというのは、本当なんですけどね」

「それを証明してくれる第三者が、誰かいませんか」

「さあ……」

「アリバイというものは、第三者の証言がないと、アリバイにならんのですよ」

「だったら、あの人はどうかしら」

「あの人とは……？」

「道路の向こう側にあるマンションの四階に住んでいらっしゃる絵描きさんなんですけど、今日の午後ずっとベランダに出てカンバスに向かっておいでででした」

「画家ですか」

「はい。その絵描きさんがいらしたところからは、わたしのお部屋の中がまる見えなんです」

「距離も、近いんですか」

「もちろん、わたしだってことがはっきりわかる距離ですわ。つい目と鼻の先なんですから……」

「顔を見合わせているのと、変わりないというわけですな」

「はあ。その絵描きさんは午後四時頃まで、ずっとベランダにいらしたし、わたしもずっとお部屋の中で体操をしたり、台詞《せりふ》のお稽古《けいこ》をしたりしていたので……。距離も近いし、一面ガラス張りの大きな窓があいだにあるだけですもの」

「あなたのほうからは、その画家の姿がよく見えたんですね」

「常に、絵描きさんの姿が、わたしの視界にありました」

「すると画家の視界にも常に、あなたの姿があったというわけですな」

「何しろ、目の前にいるのと同じなんですから、いやでもわたしの姿が見えてしまうでしょうね」

「もし、それが事実であって、その画家の証言が得られれば、奥さんのアリバイは完璧です。アリバイが成立したあなたは、シロということになります」

「はあ」

「よかったですね、奥さん。下館ユリのファンとして、こんなに嬉しいことはありませんよ」

「どうも……」

「これからすぐに、わたしがそちらへ飛んで行って、隣のマンションの四階に住んでいる画家に会ってみます。それで、その画家の証言をもらいましょう」

「どうぞ、よろしくお願いします」

「それまで奥さんは、そこにいらして下さいよ」

「わかりました」

「では、のちほど……」

午後八時五分

「もしもし……」

「下館です」

「ああ、中村です」

「あら、刑事さん。いま、どちらからなんですか」

「目の前のマンションの四階の部屋で、電話を拝借してかけているんですがね。この部屋に住んでいらっしゃる今井さんと、いま話し合いが終わったところなんですよ」

「それはどうも、ご苦労さまでございます」

「なるほど、ここの窓から覗《のぞ》いただけでも、あなたがいらっしゃる部屋の中はまる見えですな」

「いまは、電気がついているから、なおさらなんでしょう」

「いや、昼間だってベランダへ出れば、あなたのホクロの位置まで、手にとるようにわかりますよ」

「そうでしょうか」

「ですから当然、今井さんがずっとベランダに出ていらっしゃれば、その間あなたの姿がそこにあるということは、いやでも目にはいりますな」

「ああ、よかった。本当に、助かりましたわ」

「ところで、奥さんは今井さんのことを、ご存じでしょうかね」

「いいえ……」

「そうですか。今井アキラという名前にも、心当たりはありませんか」

「今井アキラさん……。さあ、失礼ですけど、存じ上げておりません」

「そんなもんでしょうかね。実は今井アキラさんも、あなたとは同業者ってことなんですよ」

「同業者……」

「ご本人はいまも、映画やテレビに出たことがないし、下積みの期間が長かった舞台の役者だから、顔も名前も知られているはずはないと、笑っていらっしゃいますがね」

「舞台の役者さん？」

「つまり、新劇俳優というんですか。それも、これまでは役らしい役がつかなかった無名の新人だと、ご本人はおっしゃっていますがね」

「じゃあ、絵描きさんじゃなかったんですか」

「奥さんも、ご覧になったでしょう。今井さんがサングラスをかけて、ベランダにいらっしゃるのをね」

「はあ」

「画家が彩色豊かな絵を描くのに、真っ黒なレンズのメガネをかけて筆を振るいますか」

「そりゃあ……」

「カンバスを見せてもらいましたが、絵でも何でもなくて、ただベタベタと絵具が塗りたくってあっただけですよ」

「じゃあ、ベランダに出て、絵を描く振りをしていただけなんですか」

「振りをしていたんじゃなくて、今井さんは気持ちだけでも画家になりきっていたんです。今井さんは、演技者ですからね。いま今井さんにあなたのことをお話したら、目と鼻の先にあの大スターの下館ユリさんがいらしたんですかって、今井さんは驚いてましたよ」

「わたしがいたってことに、気づかなかったんですか！」

「誤解しないで下さい。何も今井さんが、下館ユリというスターの顔を知らなかったというわけじゃありません。今井さんには、あなたの顔も姿も、見えなかったんですよ」

「え……！」

「実は、今井さんは新春早々の大作公演の準主役に、抜擢されたそうでしてね。それも特殊な役ということで、一ヵ月前から役作りの特訓を命じられていたんです。その役というのが、フランス人の目の不自由な画家なんですよ。それで今井さんはこの一ヵ月間、毎日の午後の三時間、サングラスをかけた画家になりきって、役作りに打ち込んでいらしたわけです。視力ゼロの画家になりきるために、今井さんは外出するとき以外は、両眼に黒く塗りつぶしたコンタクト・レンズをはめられていたんですな。従って当然、あなたの姿もそこに存在しているということも、今井さんにはまったく見えなかったんですよ。つまり、今井さんはアリバイの証人に、なり得ないというわけです」

「でも、わたしのほうからは、今井さんの姿が見えていました！」

「今井さんは毎日、同じことをしていた。そうとわかっていれば、その部屋にあなたがいなくても、今井さんを見たと主張できる」

「わたしは本当に、ここにいたんです！」

「証人がいない以上、アリバイは成立しません。すぐそこへ参りますから、捜査本部までご同行願います。しかし、演技者というのも、大変なものなんですな。われわれの想像など、及ばないようなことをするんだから……」

皮肉紳士

1

「困ったな。見たとおり、出かけるところなんだな」

「わかっています。お電話をしたところ、奥さまからそのように伺いました。だからこそ、あわてて飛んで来たんですよ」

「それで、車が門を出たとたんに、こうしてあんたに摑まってしまったわけか。ぼくも、運が悪い」

「そんなに、嫌わんで下さい。とにかく、お知恵を拝借したいんですよ。お願いします、このとおりです」

「何だね、前田警部補という警視庁のベテラン刑事が、情けないじゃないか」

「ベテランだなんて、とんでもありません。進級試験で警部補になった若造で、現場ではまだ駆け出しです」

「それにしても、前田警部補はプロの刑事なんだ。ぼくみたいな素人《しろうと》の判断を頼りにするようでは、仕方がないと思うがね」

「いや、鈴木先生が素人だなんて、そんなことは絶対にありません」

「しかし、ぼくは大学で、心理学を教えている一介の教師にすぎないんだよ。今度の海外旅行にしたって、心理学者としてシンポジウムに出席するだけのことなんだ。ぼくは犯罪心理学にだって、まったく無縁なんだからね」

「ですが、半年前に先生の助言を頂いて、わたしは難事件を解決することができました。鈴木先生の推理力と洞察力に、われわれ捜査官にはないものがあるんですよ」

「あのときのことは、単なるまぐれでね。だから、柳の下に二匹目のドジョウを求められるのは、非常に迷惑な話なのさ。ぼくも、恥はかきたくない」

「鈴木先生、お願いします。お知恵を拝借させて下さい。殺された東郷教授のためにも……」

「何だ、東郷先生が殺された事件で、捜査が難航しているというのかね」

「そうなんです」

「東郷先生だったら、ぼくと同じ大学の国文学の教授だし、決して知らない仲ではない。ぼくも、葬儀には参列した。だから、できることならお役に立ちたいと思うんだが、何せ時間がない」

「このまま、成田空港へ直行されるんですね」

「そうですよ」

「この杉並のお宅から、空港までどのくらいかかるでしょう」

「すぐに首都高速へはいって、そのまま成田空港まで突っ走ることになる」

「そのための時間として、どのくらいの余裕を見ておいでなんですか」

「ハイヤー会社の営業所で、いまの時間帯なら二時間ということだったので、ぼくもそれを信じていますがね」

「でしたら、その二時間をわたしに下さいませんか」

「成田空港まで、このハイヤーに同乗して行くというのかね」

「空港にハイヤーが、到着するまでで結構なんです」

「それから先のぼくはアメリカとヨーロッパで、二週間後までは日本にいないということになる」

「だから空港までの二時間だけ、先生どうかお願いします」

「負けたね」

「お許し願えるんですね」

「とにかく、車に乗りなさい。運転手さんも、気を揉んでいるようだ」

「失礼します」

「前田警部補に、そこまで見込まれているとは、ぼくも思っていなかったね」

「どうも、ありがとうございます。これで、ホッとしました」

「ぼくも、ハイヤーが走り出したことで、ホッとしましたよ」

「先生、貴重な時間なので、さっそく始めさせてもらいます」

「東郷教授が殺された事件については、ぼくも関心を払ってニュースに接したし、大学内での情報も耳にしている。そういうことで、話は早いと思うがね」

「まず、捜査本部の判断から申し上げますと、物盗りや強盗が目的の犯行ではありません」

「東郷教授は、世田谷の成城にある豪壮な大邸宅に、ひとりで住んでいた。その邸内は、まったく荒らされていなかった」

「整理整頓されたままになっていて、ほんのちょっぴりでも物色された形跡は、認められませんでした。事実、持ち去られたもの、盗まれたもの、紛失したものはないように思えると、東郷教授の三人の養女が証言しております」

「東郷教授が殺された現場は、寝室だったそうですね」

「死亡推定時刻は、夜の十一時から十二時で、東郷教授がベッドにはいっていても、おかしい時間ではありません」

「それで、ベッドには使われた形跡が、残っていたんでしょう」

「ベッドには間違いなく、身体を横たえた跡が残っていました。それから枕のすぐ横に、開いたページを伏せて、本が置いてありました」

「つまり、読みさしの本だ」

「それから、三点セットのテーブルのうえに、ジュースを飲んだコップがひとつと、床にジュースの瓶《びん》の栓が残されていました」

「コップがひとつと栓ね」

「東郷教授の指紋と唾液が、そのコップから検出されました。ところが、東郷家の台所からジュースらしきものは、一本も見つからなかったんです。近所の酒屋でも、東郷家からジュース類の注文を受けたことは、これまでに一度もなかったそうです」

「ジュースは、犯人が持ち込んだものだ」

「とすれば犯人は以前から、東郷家にジュースが置いてないことを、承知していた人間と考えなければなりません」

「犯人は話が長引くことになるかもしれないし、東郷教授を安心させ、寛《くつろ》いだ雰囲気の談合とするために、ジュースを持ち込んだ。そして犯行後、指紋や唾液を残すまいとして犯人は、ジュースの瓶と自分が使ったコップだけを持ち去った」

「したがって犯人は、被害者と顔見知りどころか、非常に親しい仲だったと考えなければなりません」

「その根拠はまず、東郷家にジュースが置いてないのを、充分に承知していたこと。夜の遅い時間に訪れた犯人を、東郷教授が家の中へ入れていること」

「被害者はパジャマのうえに、ガウンを重ねるという恰好《かっこう》で、犯人を自分の寝室へ迎え入れております」

「ベッドの中での読書を中断して、教授は犯人の相手をしたということも、根拠のひとつとなるだろう」

「しかも犯人は家の中のどこも荒らさずに、東郷教授を殺害しただけで、逃走しているんですよ」

「どうも、女性の匂いがするね」

「え……?」

「つまり、女の影がチラチラするんだ」

「それなりの根拠が、おありなんでしょうか」

「何か気の配り方が、ちぐはぐな感じじゃないか。こういう場合、捜査の目を誤魔化すために、家の中を荒らすことを、まず考えるんじゃないのかね」

「そういうことになります」

「物色したと見せかけるだけではなく、貴金属類や預金通帳を持って逃げたほうが、犯人にとっては安全だ」

「持ち出した貴金属や預金通帳は、穴を掘って埋めてしまえばいいんですからね」

「ところが犯人は、そういうカムフラージュに、まったく気づいていない。それでいて犯人は自分が使ったコップやジュースの瓶を隠すことに細心の注意を払っている。そういったアンバランスなやり方に、ぼくは女性の匂いを感ずるんですよ」

「おっしゃるとおりです」

「それに、ジュースを持ち込んだことにも、女の影が付きまとうんだな。最近はあまり飲まないが、東郷教授はむかしから大の左党だったと聞いている。しかも、犯人は寛いだ気分での話し合いにするために、飲み物を持ち込んだ」

「もし、犯人が男だったら……」

「アルコールを、持ち込むだろうね。ジュースを持って来て、台所へ栓抜きやコップを取りに行くなんて、やっぱり女っぽい神経ですよ。犯人が男なら、栓抜きもコップも必要としないアルコール飲料、まあ罐ビールでも持ち込むはずです」

「わたしも同意見だし、捜査本部もそのように判断しております。その結果、容疑者は三名に絞られました。被害者が寝室へ迎え入れるほど、家族同様に親しい関係にあって、しかも女ということになると、東郷教授の三人の養女のほかには考えられません」

「前田さん、そこまで結論が出ているんだったら、何もぼくの知恵なんか必要ではないでしょう」

「ところがですね、先生。その前にひとつの謎《なぞ》を解明しないと、決定的な結論は出せないんですよ」

「謎……」

「まったく、不可解なことなんです。実は、その謎を解くために、先生のお知恵を拝借したいんです」

2

「謎とは、どういうことなんです」

「これなんです」

「メモか」

「被害者の寝室の電話の脇にあったメモ用紙の一枚、ほら銀行がサービスしてくれるメモ用紙です」

「これは、どこにあったんだね」

「三点セットのテーブルの下に、落ちておりました。つまり、東郷教授の死体の下にあったんです」

「それで、これは東郷教授が死亡直前に、書いたものということになったんですか」

「はあ」

「そのように、断定できるのかね」

「東郷教授の死体は、左手に強くボールペンを握りしめておりました。このメモにある文字は、そのボールペンによって書かれたものです」

「死体がボールペンを握っていたとなれば、殺される直前に何かを書き記したということになる」

「それが、このメモなんです」

「ちょっと、待ってくれたまえ。いま、メガネを出すから……」

「老眼ですか」

「最近、ますますひどくなってね。まあ、間もなく六十なんだから、老眼ぐらい仕方がないだろう」

「しかし、病気じゃないにしろ、かなり不自由でしょうね」

「前田さんは、まだなんだろうね」

「目だけは、よく見えます」

「もっとも、前田さんは三十半ばなんだから、それが当然でしょうな」

「とにかく、お読み下さい」

「死者バテた！　とこれだけですね」

「そうなんです。死者バテたに、感嘆符がついている。ほかにはいっさい、何も書いてありません」

「乱れているというより、ずいぶん下手な字だ」

「下手に書こうと努力しても、そんな幼い文字にはならんでしょう」

「六十五歳という年齢もあるし、国文学の教授がこんな下手な字を書くはずがない。ぼくも東郷教授の字を見たことがあるが、大変な達筆だった」

「いかに達筆な人でも、左手で字を書けば別でしょう」

「東郷教授は、左手で……」

「さっきも申し上げましたけど、被害者は左手にボールペンを握っておりました。その左手のボールペンで、メモ用紙にこれだけのことを書いたんです」

「東郷教授は、もちろん右利きだった」

「その点については、充分すぎるくらいに確認されております」

「じゃあ東郷教授は、右手を怪我《けが》していたか、右手の指を痛めるかしていたんでしょうかね」

「いや、怪我したり痛めたりは、しておりませんでした。ほかにも、東郷教授が右手を使えない状態にあったという理由について、推定可能なことはまったくありません」

「それなのに東郷教授は、わざわざ左手を使って字を書いた」

「書き残したことも、死者バテた！　という奇妙な言葉だけです」

「いま前田さんは、書き残したという言い方をしましたね」

「するると、このメモは東郷教授が遺書として、わざわざ書き残したものということになるんですか」

「遺書というほどのものではありませんが、やはり書き残していったメモなんでしょうね」

「つまり、事件の発見者とか、あるいは警察とかに伝えたいことがあって、それを書き残していったというんでしょう」

「そうです」

「では、捜査本部の判断によると、東郷教授はいつこのメモを、書いたということになるんです」

「その点については、まだはっきりした判断が下されておりません。もっと正直に申しますと、その辺のことになると疑問点が多すぎて、判断が難しいんです」

「たとえば、どんな疑問点……?」

「東郷教授は、絞殺されました。凶器として使用されたものは、ロープのようなものと推定されております」

「背後から一気に絞殺したものと、新聞には載っていたけどね」

「それは、被害者に抵抗した形跡が、まったく見られないからです」

「無抵抗のままで、殺された……」

「こういう場合には、背後から一気に絞殺したものと、判断するほかはないわけです。犯人はさりげなく東郷教授の背後へ回り、隠し持っていたロープで一気に絞め上げた。東郷教授には、抵抗する余裕もなかった」

「東郷教授は、六十五歳で病気がちだった。つまり、非力ということになる」

「ですから、いま申し上げたような方法によれば、女ひとりの力でも絞殺は充分に可能なわけです」

「その時点で、東郷教授は絶命した」

「そこで、重大な疑問点が生ずるんです。東郷教授はいつ、メモ用紙に字を書いたのか……」

「うん」

「犯人の名前などを書き残してから、被害者が死亡する。こうしたパターンは、決して珍しくありません。しかし、その場合はいずれも被害者が完全に絶命していないうちに、犯人が犯行現場から立ち去っていなければならないんです」

「それは、当然だ」

「つまり、被害者が即死状態にあるときは、絶対にできないことなんですよ。刺し傷による出血多量、あるいは打撲などで仮死状態に陥った。犯人は絶命したものと思って、犯行現場から逃げ去る」

「そのあと、被害者は短い時間だが、意識を取り戻す」

「そして犯人の名前などを書き残すが、被害者は力尽きて絶命する。こういうことに、ならなければなりません」

「ところが、東郷教授の場合は……」

「絞殺は絶命するまで、犯人がその行為を続けるものです。犯人は死を確認してから、引き揚げるでしょう」

「首を絞められたのであれば、仮死状態から蘇《よみがえ》ったときに、生き返ったということになる」

「途中で意識を取り戻したあと、字を書いたりしてから、改めて絶命するということは、絞殺の場合とても考えられません」

「東郷教授は、犯人に首を絞められた時点で、間違いなく死亡している」

「完全なる絞殺ですから、その場において即死したのと変わらないんです。そうなると東郷教授は、いつどうして左手に持ったボールペンで、走り書きを残したのかという謎が、大きな壁となって捜査の行く手を塞ぐことになるんです」

「何の意味もなく、あるいはまったく無関係なことを、書いたりしているときではない。やはり東郷教授は、犯人が誰であるかを書き残していったんだろう」

「それならそれで、もっと簡単明瞭に書き残してもらいたかったですね」

「そのものズバリ、という書き方はできない。犯人がそれに気づけば、持ち去って灰にしてしまうからね」

「それを用心したということは、よくわかるんですが……」

「どうしても意味不明のことを書き残して、それを誰かに伝えようとするほかはないだろう」

「そういう一種の暗号だったとしても、これでは難解すぎますよ。難解すぎて伝えたいことも、伝わらないという恐れもあるでしょう」

「それならそれで、よかったんじゃないのかな」

「え……」

「伝わらなければ、それでもかまわない。犯人が逮捕されなくても、どうってことはない。東郷教授の本心は、そんなものだったのかもしれない」

「それは先生、どういうことなんでしょうか」

「だから、東郷教授の気持ちとしては、どうしても殺された恨みを晴らしたいと、そんな激しいものではなかった。何が何でも真犯人を告発してやろうと、メモを書き残したわけではないというんだよ」

「よく、わかりません。東郷教授には殺される人間としての執念がなかった、あるいは犯人を庇《かば》う気持ちがあったということなんですか」

「執念もなければ、庇う気持ちもない。東郷教授にとっては、自分が死んだあとのことなどどうでもよかった。成り行き任せってところだったんだろうね」

「先生……」

「前田さん、今度の事件は東郷教授という人間、性格と人柄というものを知らない限り、解決することはありませんよ」

「それは、わたしなりに東郷教授に関するデータも集めましたし、人物についても理解したつもりでいます」

「では、前田さんも当然、東郷教授がガンに侵されていて、死期も迫っていたということを知っているでしょうな」

3

「皮肉なもんですね、先生」

「何がです」

「いつもだったら首都高速のこのあたり、必ず六キロの渋滞ですよ。それが今日みたいなときは、すいすい走れるんですからね」

「京葉道路が、渋滞するんじゃないかな。そろそろ、夕方のラッシュ時間にはいりますから……」

「高速道路を走っていて、渋滞を期待するのは、これが初めてです」

「焦らないことだ。成田空港は、まだ先じゃないか」

「それにしても、高速道路がすきすぎています」

「秋だからでしょう」

「暦のうえではね」

「いや、このところずっと、十月と変わらない気温が続いている。夜は寒いくらいで、ぼくなんかもパジャマのうえに、ガウンを着ています」

「まったく、今年の陽気はどうかしていますね」

「天変地異の前兆かもしれない。想像も及ばないような天変地異……」

「日本の最後が来ますか」

「地球最後の日だ」

「だったら、いっそのこと、そうなってもらいたいですね」

「死ねばいいんだから、大したことじゃない」

「人間ひとりの生も小さいけど、死もまた小さいものですからね」

「夢まぼろしの如くなり」

「東郷教授もそう思って、死んでいったんでしょうか」

「東郷教授はまだ未来というものがあって、心身ともに健全なうちから、人生をそんなふうな目で見ていた」

「人間も人生も命も、夢まぼろしの如くなりってですか」

「そう。たとえば東郷先生がいま、この高速道路を眺めたとする。夏のうちは遊ぶことに熱中し、秋の訪れとともに鳴りをひそめる人間たち。その夢まぼろしの人生を知らない人々の哀れさを、このすいている高速道路が象徴していると、東郷教授は言うと思いますよ」

「あるいは、そうかもしれません。そういう人だったということは、わたしにもわかっています」

「他人には迷惑をかけないし、対社会的には常識を発揮する。現代の人とは違って、大変な良識家でもある。有害どころか、立派な国文学者だった」

「そうらしいですね。私生活に関係がないところで、東郷教授を悪く言う人は、ひとりもいませんでした」

「しかし、個人的な面や私生活においては、変人奇人ということで有名だった」

「そういう噂は聞いてもいたし、事実かなりの変わり者だったようですね」

「しかし、ぼくは東郷教授が、変人や奇人だったとは思わない。ただ東郷教授の人生観そのものが、エキセントリックであり、ユニークであり、彼はいっさいの妥協を拒んで、自分の人生観に忠実に生きただけなんだ」

「そうですかね」

「それが一般の人々の目には、デカダンスとして、ニヒリズムとして、変人奇人として映じたんだろう」

「東郷教授は、独身主義を通したんだそうですね」

「親子関係は認めるが、夫婦関係は否定されるべきだという考え方だったんだそうだ。それで三十年ほど前に東郷教授は、素人の娘さんと取引したことがある」

「取引とは……」

「契約というべきかもしれない。東郷さんは、相手の女性の要求どおりの金を出す。その代わり、彼女は東郷さんと肉体関係を持たなければならない。期間は半年間、という契約だった」

「その目的は、子どもを作ることだったんですか」

「そう。いまでこそ週刊誌なんかで、契約妻、貸腹妻、借腹妻だなんて新しいことみたいに騒いでいるけど、東郷さんはそれをすでに三十年も前に実験しているんだ。それだけでも、彼がいかにユニークであったか、よくわかると思うね」

「それで、三十年前のその結果は、どうなったんです」

「半年がすぎても、相手の女性は妊娠しなかったし、期限切れで自然に契約解除となった」

「そんなことがあったとは、わたしも知りませんでした」

「それで東郷教授も諦めて、養女をもらうことにした。彼は引き取り手のいない三人の孤児を、養女として迎えた。ただし、一代だけの親子関係というのが、東郷教授の考え方だった」

「親子一代だけとは……」

「つまり、結婚したらもう、親子の接触を持たない。孫ができても、出入りはさせないということだ」

「戸籍上は親子でも、元の他人同士に戻るというわけですか」

「孫といったって、まったくの赤の他人なんだからね」

「しかし、どうして東郷教授はそんなことに、こだわったんでしょうか」

「東郷家の繁栄のために、養女を迎えたのではない。三人の養女を結婚するまで育てれば、それで親としての務めは終わる。あとはまた他人同士の関係だと、これも東郷先生のユニークな考え方によるものらしい」

「東郷教授自身も、天涯孤独の身の上なんですね」

「ご両親も兄弟も、とっくに亡くなっているからね」

「親戚とか遠縁の者とか、血縁者というものが、まったくいないようです」

「ここ数年間はたったひとりで、成城の豪邸に住んでおられたんだろう」

「パートの家政婦も、置いてなかったんです。食事はすべて外食、洗濯や掃除は自分でやっていたということです」

「東郷教授には、そうした一面があったようだね。一種の禁欲主義者みたいなところが……」

「酒は別として、タバコはやらないし、もちろん女性関係もない。ギャンブル、スポーツ、勝負事には縁がない。テレビやラジオは大嫌いで、旅行に出かけることもない。趣味は読書とレコードでクラシック音楽を聞くだけと徹底していますよ」

「東郷教授は、自分だけの世界にいることを好んだ。周囲の凡人たちは、それを彼の孤独と見た。しかし、東郷教授は自分だけの世界を形成して、そこで彼なりの自由な生活を楽しんでいたんだろう」

「夢まぼろしの世界ですか」

「彼は何事に対しても、シニカルな見方をする。人生や人間に関することすべてを、シニカルに眺めやっていたような気がしてならない」

「シニカルですか」

「つまり、冷笑的に皮肉にだ。だから東郷教授は自分自身のことも、客観的な立場からシニックに見守っていたんだと思う。それで東郷教授は、ガンによる死亡予告にも、動揺しなかったんだろう」

「とにかく、平然としていたようですね。ただガンというだけではなく、東郷教授はそのことを承知していたんだから感心しました」

「ぼくもそのことは、事件後の情報として知ったんだがね。肝臓ガンが致命的だと、ぼくは聞かされた」

「元凶は肺ガンだったという話もありますが、いずれにしても転移によってあちこちを侵され、完全に手遅れだったんだそうです。東郷教授にも察しがついていたらしく、親友でもある主治医に、事実を教えなければ自殺すると迫ったんだそうです」

「ほかに伝えるべき肉親もいないしと、主治医はやむなく事実を伝えたというんでしょう」

「その死の宣告を受けたとき、東郷教授はニヤリと笑ったそうですよ」

「あまりおもしろくもなかった自分の人生にも、ようやく終わりのときが訪れた。まさに夢まぼろしの如くなりと、東郷教授はシニカルな笑い方をしたんだろうな」

「主治医の話ですと、生きられたのはあと三、四カ月ということでした」

「今年いっぱいだったのか」

「間もなく、退院することがない入院に、なるところだったんじゃないんですか」

「苦痛に耐えるか自殺するかという東郷先生にとって、殺されることはむしろ救いだったかもしれない」
「犯人にしてみれば、殺し損だったわけですよ」
「東郷教授に死が近づいていることを、知っていた人間は……」
「当人と主治医のほかに、絶対にいないということでした」
「そうなると、犯人もまったく知らなかった」
「それで先生、問題は三人の養女ということになりますが……」
「その後の三人の養女については、あんたのほうが詳しく知っているはずだ」
「はあ」
「その三人の養女には、養父を殺すだけの動機があるのかね」
「あります」

4

「養女は三人とも、結婚しているんだったね」
「はあ」
「それで、東郷先生の流儀に従って、三人の養女は完全に独立した家庭を営み、成城の東郷邸にもほとんど出入りをしていなかったわけだ」

「はあ。当然、嫁入りしたんで三人の養女は、東郷姓でもなくなっています」

「確か、いちばんうえの養女の名前が変わっているという記憶が、ぼくにはあるんだが……」

「長女の名前は、伍子《ごこ》ですよ。それも、ニンベンのついた数字の五のほうで、落伍者の伍を書いて子です」

「伍子か」

「伍子は地方公務員と結婚して、横浜に住んでおります。吉本伍子、三十七歳、夫のほかに子どもが二人です」

「二番目の養女は……」

「若子です。群馬県の館林の花屋へ、嫁に行きました。姓が変わって大月若子、館林に住んでいて三十二歳、子どもがひとりおります」

「三番目の養女がいちばん長く、東郷先生と一緒に住んでいたんだったね」

「はあ。三女のミドリは婚期も遅れて一昨年、二十八歳で結婚しました」

「現在は、三十か」

「結婚した相手はサラリーマンで、柴という男です。柴田の柴で、柴ミドリに変わったわけです。去年一度、妊娠したけれども流産したそうで、子どもはまだおりません。この三女のミドリだけが、東京に住んでおります。それも同じ、世田谷区内です」

「世田谷区のどこだろうか」

「砧《きぬた》です」

「砧だったら、成城とあまり離れていないじゃないか」

「ミドリが住んでいるマンションから、東郷邸までは、五、六キロという距離でしょうね」

「それでもやはり、東郷邸に出入りしていなかったのかね」

「ミドリだけは一ヵ月に何回か、出入りすることを許されていたそうです」

「三女とはいちばん長く、一緒に生活していたので、東郷先生にもそれなりの情があったんだろう」

「しかし、出入りするといっても、風呂場を掃除するとか、窓ガラスを磨くとか、東郷教授にはできない仕事を片付けに、出向いたということでした」

「捜査本部では以上の三人の養女に、容疑の的を絞っているんだね」

「犯人は家人同様に、被害者と親しい間柄にあったこと。先生もおっしゃいましたが、犯人に女の匂いがすること。それに、被害者を殺すだけの動機があること。この三つの根拠から、容疑の的を絞ったことになるんですが……」

「じゃあ、その動機というのを、聞かせてもらおうか」

「ひと口にいえば、東郷教授の財産問題です」

「東郷先生には、かなりの財産があったんだね」

「動産については、殺人の動機になるほどの額ではありません。しかし、成城の豪壮な東郷邸という不動産に、大変な値打ちがあるんです」

「五千坪の庭があるって、ぼくも聞いていたよ」

「ですから、土地だけでも莫大な財産になるわけです。たとえ相続税に大半を持っていかれようと、かなりの額が手もとに残ります。そして、その相続権は、三人の養女だけにあるんですよ」

「三人の養女は当然、その相続権を行使できるものと思っていた」

「ところが、今年の四月になって東郷教授は、三人の養女に通告したんです。財産は自分なりに処分して、各養護施設に寄付する。したがって、成城の家や土地をアテにしないようにってね」

「今年の四月……」

「それは東郷教授が主治医から、死の宣告を受けたときと、時期的に一致します」

「なるほどね」

「死の宣告が東郷教授に、各養護施設に寄付という財産処分の方法を、決意させたんでしょうね」

「結婚した三人の養女は、もはや東郷家に無関係であり、元の他人に戻ったのだ。だから、財産の相続も被相続もあったものではないと、これもまた東郷先生独特のシニカルな考え方だったんだろう」

「妻子という相続人がいても、財産の大半をどこかへ寄付してしまう老人の例は、ほかにもあったような気がします」

「欧米ではそうしたシニックなやり方も、決して珍しくないがね。日本ではそういう老人のことを、変人奇人、意地悪、偏屈だと非難する」

「三人の養女たちも、東郷教授の一方的な通告に、大いに憤慨したらしいんです。秋には成城の家も土地も売却するという東郷教授の予告に、三人の養女はあわてふためき、血相を変え、激怒したそうです」

「三人の養女はいずれも、金などどうでもいいと澄ましていられるほど、結構な身分ではなかったんだね」

「貧しくはないでしょうが、ローンの返済もあるし、マイホームも欲しいという庶民には違いありません。もちろん大金には目の色を変えるでしょうし、何といっても手にはいるべき大金を失いたくはないという欲がありますよ」

「秋になったら、成城の土地も豪邸も処分されてしまう。しかし、その前に東郷先生が死亡すれば、三人の養女に正当な相続権が生ずる」

「そのとおり、東郷教授は死亡しました。殺されるというかたちで……」

「三人の養女の共謀ということは、考えられないだろうか」

「実の姉妹ではないし、三人とも日ごろから仲がよくなかったようです。たとえ利害が一致しようと、殺人計画に誘うのは危険だという三人の間柄だったと、考えるべきではないでしょうか」

「それに三人のうちには、養父に対して愛情があったり、人殺しをする勇気がなかったり、という者もいただろうしね」

「単独犯行と見て、よろしいんじゃないですか」

「三人の養女のアリバイについては、どうなっているんだね」

「いずれもアリバイを主張しておりますが、それを明確に証明することはできません。長女の伍子の場合は、夫が出張中でして、二人の子どもの証言も曖昧《あいまい》です」

「次女の若子は……」

「夫が子どもを連れて、群馬県の高崎市にある親戚の家へ泊まりがけで出かけていて、家には若子のほかに耳の遠い義母がいただけでした」

「その義母のはっきりした証言も、得られなかったんだね」

「はあ。それに若子は、運転もできるし自分専用の自動車を所有しております」

「東京・館林間なら、車での夜の往復は簡単だ」

「三女のミドリは、夫が虫垂炎で入院中で、彼女はひとりマンションにいたということです」

「それでは、アリバイにならない」

「あらゆる意味での目撃者はゼロだし、証言らしきものは、まったく取れません。どうしても、このメモ用紙の走り書きに、頼るほかはないんです」

「唯一の手がかりか」

「それとも、この走り書きは事件と関係がなく、無意味なメモってことになるんですかね」

「いや、僕はそうは思わない。東郷教授の死体が左手に、ボールペンを握っていたということが問題だ」

「それこそ死んでも放さないという感じで、ボールペンをしっかり握りしめていましたからね」

「それと、感嘆符がついていることだ。死者バテた！　とわざわざ感嘆符を付け加えたのは、そのことを強調したかったからだろう。たとえば、これが犯人だ！　というようにね」

「すると、やっぱりこの走り書きが、事件を解決する鍵になるんですね」

「捜査本部でも、そのように判断しているんでしょう」

「先生、何とかお願いできませんか」

「死者バテた！……」

「先生、もう船橋も習志野もすぎました。京葉道路の渋滞も、大したことはなかったようですね。残念ながら……」

「間もなく、新空港自動車道へはいるようだね」

「先生、時間がありません」

「三人の養女のうちのひとりが、夜の十時すぎに東郷邸を訪れた」

「ええ」

「それだけで東郷先生は、自分を殺しに来たと、犯人の心中を見抜いた」

「それで……」

「東郷先生は、殺されてやろうと思ったんだよ」

5

「これから数カ月間を病院で過ごし、苦痛に耐えた末に死ななければならない。本来ならば自殺でもしたいところだが、殺されるんだったら更に楽ではないか。そういうことで東郷教授は、覚悟を決めたというわけなんですね」

「赤の他人を養女にして、今日まであれこれと尽くしてやった。その養女に殺されるという皮肉な因果関係も、また楽しいではないかと、東郷先生流に考えたのかもしれない。いずれにしても、東郷先生は殺意を感じ取り、殺される動機もあることから、犯人の胸のうちを見抜いた」

「それで、どうなるんですか」

「犯人が席を立ったときに、東郷先生はメモ用紙に走り書きをした」

「犯人が、席を立ったとは……」

「トイレに立つこともあるだろうし、コップに付いた口紅を洗い落とすために台所へ行ったかもしれない」

「とにかく、そのあいだに東郷教授は、これを書いたんですね」

「意味不明の走り書きだし、犯人はそれを気にもかけなかった。それから間もなく、犯人は東郷先生の背後に回り、隠し持っていたロープを取り出して、先生の首を一気に絞め上げた」

「しかし、東郷教授はそのことを予期していながら、あえて首を絞めさせてやった。一種の自殺ですか」

「だからこそ東郷先生は、まったくの無抵抗でいたんだよ」

「なるほど……」

「ただ東郷先生は殺されるときに、しっかりと左手にボールペンを握っただけだった」

「何のために、そんなことをしたんでしょうか」

「その点については、まだぼくにもわかっていない」

「しかし、そうだとすればこの走り書きは、間違いなく犯人が誰であるかを、物語っているということになる」

「それも、自分を殺した養女が誰であるか、わからずじまいになるのも、一向にかまわない。わかれば逮捕するがいい、わからなければそのままにしておけと、東郷先生は自分が殺されるときまで、皮肉っぽくゲームを楽しんでいたんだろうね」

「これで、なぜ被害者に走り書きを残すだけの余裕があったのか、という謎も解けました。先生、あとは一気呵成《いっきかせい》に、突っ走って下さい」

「そうも、いかないだろうが……」

「極めて単純で幼稚な判断なら、わたしにもできるんですがね」

「ほう」

「死者のシ、バテたのバを取れば、シバになります」

「うん」

「三女の現在の姓は柴、柴ミドリなんですよ」

「三女のミドリが犯人であることを伝えるための柴であって、そのシバを死者バテたで表現しようとしたというのかね」

「もちろん、話にも何もならないということは、よくわかっていますよ」

「何分にも、書いた人が国文学の教授なんでね」

「そんな子ども騙《だま》しみたいなことを、書き残すはずはないでしょう」

「学生から聞いたことなんだが、東郷先生の講義は非常に几帳面だったそうだ。たとえば東郷先生は、秋の鹿は笛に寄る、といった省略を嫌ったらしい」

「秋の鹿は笛に寄る……?」

「一種の格言だが正しくは、〝女の足駄《あしだ》にて作れる笛には秋の鹿寄る〟ということなんだな。もちろん、〝秋の鹿は笛に寄る〟でも間違いではないし、そういう簡略法のほうが学生には向いている」

「それは、どういう意味なんです」

「西洋流のことわざにすれば、女の髪の毛は鐘のロープより強い、ということだ。つまり、女が男を引きつける力がいかに強いか、というたとえでね」

「秋の鹿というのは……」

「妻を恋う雄鹿のことなんだよ。それについて、女のはける足駄にて作れる笛には秋の鹿かならず寄るとぞ言い伝えはべる、と徒然草にある。だから〝秋の鹿は笛に寄る〟ではなくて、〝女の足駄にて作れる笛には秋の鹿寄る〟と覚えなさいって、東郷先生は学生たちに教える」

「さすがは、国文学の先生ですね」

「几帳面であり、東郷先生は教授として非常に紳士的な態度で、学生たちに接していたということになる」

「私生活においては変わっていても、もともと、東郷教授は紳士だったそうですからね」

「世の中や人生を、皮肉な目で眺めていたひとりの紳士……」

「その東郷教授が左手にボールペンを握っていたことについて、捜査本部ではこういう意見もありましてね。左手とは、左を意味するのではないかって……」

「左を意味しているとしたら、どういうことになるんだね」

「左は、西を意味する」

「左は、西をね」

「左右を東西にたとえれば、右が東、左が西になるというんですよ」

「うん」

「また、左とは何かを説明する場合、北を向いたときに西に当たる方角と、表現するんだそうです」

「うん」

「わたしも念のために、辞典を調べてみました」

「そうしたら……？」

「〝左〟の項のいちばん最初にやはり、〝北を向いたとき、西にあたる方〟と載っておりました」

「北を向いたときというのが、ひとつの基本になっている。それは、北極星があるからだろう」

「北極星というのは、動かなかったんですよね」

「日周運動のために、ほとんど位置を変えない。それで、北極星は方位や緯度の指針になっている」

「だから、北を向いたときというのが、基本になっているんですか」

「北を向いたとき西に当たるほうが左、北を向いたとき左手の方角が西、という言い方にもなるんだ」

「とにかく、左手にボールペンを握っていたのは、西を意味しているのではないかって、そこまで回りくどい見方をする者も、捜査本部にはいたんですよ」

「おもしろいな」

「おもしろいとは……」

「西とは、中国を意味する」

「お隣りの中国ですか」

「そう」

「それで……?」

「死屍《しし》を鞭《むち》打つ、という言葉を知っているね」

「死者を鞭打つ、というんじゃないんですか」

「正しくは、死屍を鞭打つだ」

「それがいったい、どういうことになるんです」

「史記というのがある」

「中国の歴史書でしょ」

「司馬遷の述作による百三十巻、三千余年間の歴史書だけど、その史記の列伝中に伍子《ごし》胥《しょ》伝というのがある」

「はあ」

「楚《そ》の伍子胥は、自分の兄を楚の平王に殺された」

「はあ」

「伍子胥は後日、呉へ走った。そして彼は呉の先導となって、楚に攻め込むことになるんだよ」

「はあ」

「楚を討ち果たして都を占領した伍子胥は、兄を殺した憎むべき平王の死体を掘り出して、それを辱《はずかし》めた」

「はあ」

「これが、死屍を鞭打つだ」

「だから、どうなるんでしょう」

「バテたとは、疲れ果てたという意味の俗語ですよ」

「そうですね」

「死者がバテるとは、鞭打たれて死者が疲れ果てたという意味に、受け取れないこともない」

「死者バテたは、死屍に鞭打つということに通ずるんですか」

「死屍を鞭打つに関連があり、それは中国の歴史書に明らかだという意味で、東郷先生は西すなわち左の手に、ボールペンを握っていた」

「そのことが、三人の養女のうちの誰を指すんです」

「伍子胥の伍子は、長女の伍子《ごこ》と同じ字なんだよ」

「伍子胥という名前の中に、吉本伍子が含まれているんですか！」

「うん」

「先生、それだ！　それに、間違いありませんよ」

「そう、興奮しなさんな」

「こうなったら、もう血相だって変わりますよ」

「まあ、待ちなさい」

「先生、犯人は長女の伍子です。ねえ、決定でしょう」

6

「先生、佐倉のインターをすぎました。あと富里、成田で空港につきます」

「しかし、まだ結論は、出ていません」

「結論は、もう出たじゃないですか。伍子胥の名前の中に、伍子という文字が含まれているんです」

「さあ……」

「いかにも、東郷教授らしいじゃないですか。謎の設定にも、知識と教養がたっぷりと織り込まれていて、そのうえ凝《こ》っているでしょう。東郷教授のような大学の先生、国文学者でなければ、中国の故事を取り入れた謎の設定などを、咄嗟《とっさ》に思いつくことはできませんよ」

「困ったな」

「何で、お困りなんですか」

「いや……」

「あと必要なのは、これが結論だというお言葉だけなんですよ」

「これが結論だって言いきれる自信なんて、ぼくにはとてもありませんよ」

「どうしてですか」

「実は、コジツケと承知のうえで、当てはめてみただけなんだ」

「コジツケ……？」

「そう。どう考えたって、これはコジツケだな」

「いや、そんなことは、決してありません。コジツケどころか、理論的に通用するんですから……」

「左は西を意味するってことも、理論的に通用しますかね」

「します」

「どうしてだ」

「だから、辞典にも……」

「それは、表現にすぎない。左は西を意味するなんてことは、辞典にも載っていないだろう」

「ですが、先生……」

「左を西に、当てはめることはできる。しかし、左が西を意味するってことには、ならないんだよ」

「じゃあ、お伺いしますがね」

「うん」

「左は西を意味しないって、はっきり否定できる根拠がありますか」

「それは……」

「どうなんです」

「左は西を意味しないと、はっきりした否定の根拠については、いまのところ思い浮かばない。しかし、左が東を示すということだったら、すぐにでも説明できますよ」

「左が西ではなくて、東を示すというんですか」

「そう」

「それは、どういうことなんです」

「左の方《かた》という言葉がある」

「左の方……」

「これは、現代では死語になっている。しかし、むかしの相撲《すもう》では、東方を左の方と呼んだんだ」

「左の方は、東ですか」

「国文学の専門家が、それを知らないはずはない。したがって東郷先生が、西という意味で左手を使ったってことは、まずあり得ないだろう」

「そうですか」

「それに、伍子胥の故事を表わすのに、東郷先生が死者バテたなんて言葉を、用いたりはしないだろう」

「どう書き残せば、いいんです」

「死屍を鞭打つ、と書けばよかったんだ。仮に伍子が犯人だったとして、その文字を読んでも、死者バテたと同様に意味がわからなかっただろうからね」

「だったら先生、この死者バテたは、どう解釈すればいいんです」

「それを、いま考えているところじゃないか」

「先生、もう富里のインターをすぎているんですよ」

「わかっている」

「時間がありません。先生、何とかお願いします」

「東郷先生は、死者バテたという言葉を、咄嗟に思いついたのだろうか」

「そうじゃないんですか」

「咄嗟に思いついた、という言葉じゃないな。東郷教授は日ごろから、犯人となった養女のひとりと、この言葉を結びつけていたんだ。つまり、東郷先生の胸のうちでは、死者バテたがその養女の代名詞になっていたんだろう」

「だったら、どうだとおっしゃるんですか！」

「そう、焦らないで……」

「ですが先生、もう空港についてしまうんですよ。こうなったら、仕方ありません。空港についてからも、お時間を頂くことにします」

「そうは、いきませんよ」

「このままでは、わたしだって引き返せませんよ」

「殺されるときも、いや死後の分までゲームを楽しんでいたような東郷教授。自分を殺す養女を、憎もうともしない。そのために、わかってもわからなくてもいいような、奇妙な走り書きを残していった。それでいて、犯人がはっきりすれば、その養女だけに相続権がなくなり、遺産はあとの二人の養女のものになるという皮肉な結末を、ちゃんと用意していった東郷先生だ。そうした皮肉な紳士だとすれば、最後に何か悪戯《いたずら》を残していくのではないだろうか」

「悪戯ですって……」

「東郷教授の最後の悪戯だ」

「悪戯だなんて、そんなことをするはずはないですよ」

「悪戯は、人を引っかけることだろう。裏をかくことだ」

「先生、もう成田ですよ」

「裏をかくとすれば……。前田さんはさっき、東郷教授の謎の設定には知識と教養が感じられるって、言いましたね」

「言いましたよ」

「いかにも大学の教授、国文学の先生らしいって……」

「ええ」

「そういう先入観があるので、捜査本部もわれわれも難しく、回りくどく考えてしまうんだ」

「そんなことはもう、どうだっていいじゃないですか」

「その裏をかくとすれば、実は知識も教養も無関係であり、馬鹿馬鹿しいほど容易で単純ということになる。それこそ、東郷先生のお好みに合う皮肉じゃないか」

「先生、空港です」

「では、左手ということを強調したのは、何の意味だろうか」

「先生、成田です」

「それも、難しく考えてはいけないんだ」

「成田ですよ」

「成田……？」

「なるほど、地名か」

「ええ、成田です」

「地名……?」

「あんたが地名を連呼し続けたことから、ようやく思いついたよ」

「先生、何がおかしいんです」

「東郷先生らしい。東郷教授のイメージに惑わされて、こんなに簡単な答えが出なかったことが滑稽《こっけい》でね。東郷先生もあの世で、皮肉っぽく笑っておいでだろう」

「さっぱり、わかりませんね」

「犯人は、次女の大月若子だな」

「え……」

「これが、ぼくの結論ということになるんだがね」

「どうして次女の若子が、犯人ということになるんです」

「死者バテただよ」

「死者バテたが、大月若子の代名詞になるんですか」

「右利きの東郷教授が、左手で文字を書いた。つまり、右が左になれば、逆ということだ。逆の意味は、逆さまだろう。だから死者バテたを、逆さまにすればいいんだよ」

「シシャバテタの逆さまは……。ええと、タテバヤシシですね」

「地名だ」

「館林市……」

「次女の若子は、群馬県の館林市に住んでいるんじゃないのかね」

「先生……！」

「どうにか、間に合ったな」

「先生、ありがとうございました」

「いや、こちらこそ……。空港までの車の中で、まったく退屈せずにすんだんですからね」

「先生、もう空港についたんですよ」

「わかっています」

「先生はもう、無罪放免なんですから……」

「東郷教授も最後の最後まで、皮肉なことを好まれた。高等数学に思わせておいて、算数の問題を出されるんだから……」

「先生、どうかなさったんですか。荷物運びぐらい、手伝わせて頂きますから……」

「ありがとう」

「何を捜していらっしゃるんです」

「いや……」

「お顔の色も、悪いようですよ」

「物事の終わりというものは、最後の最後まで皮肉にできているらしい。パスポートを、忘れて来てしまったようだ」

※この作品は1981年9月に徳間書店より刊行されました。

双葉文庫

さ-07-21

どんでん返《がえ》し

2014年2月15日　第1刷発行
2014年3月24日　第5刷発行

【著者】
笹沢左保《ささざわさほ》

【発行者】
赤坂了生

【発行所】
株式会社双葉社
〒162-8540 東京都新宿区東五軒町3番28号
［電話］03-5261-4818(営業)　03-5261-4833(編集)
www.futabasha.co.jp
(双葉社の書籍・コミックが買えます)

【印刷所】
株式会社亨有堂印刷所

【製本所】
株式会社若林製本工場

【表紙・扉絵】南伸坊
【フォーマット・デザイン】日下潤一
【フォーマットデジタル印字】飯塚隆士

ISBN978-4-575-51651-7 C0193
Printed in Japan